赤川次郎

忘れられた花嫁

実業之日本社

目次

忘れられた花嫁

1　大安吉日

「いい加減にしろい、全くもう！」

やくざまがいの男が言ったのなら、このセリフ、別に何の不思議もないのだが、今年やっと二十一歳という、若き女性が発したとなると、ちょっと苦々しく眉をひそめる向きもあろう。

しかし、そこには、多少、無理からぬ事情もあって……。

ところで、この日は十月の初め、そろそろ秋風が時に冷たくも感じられるころ。しかし、この日は晴天で、動き回ると少し汗ばむような暖かさであった。

北の風、風力3、気圧は――いや、そんなことは、差し当り問題ではない。

場所は東京の、ある結婚式場。言葉を発したのは――いや、その前に結婚式場のどこなのかを記しておかなくてはならない。

そりゃそうだろう。結婚式場ったって、玄関から披露宴会場、調理場からトイレまで、甚だ広いのだから。

そしてここは花嫁の控室なのである。これから、キリスト教式の結婚式を挙げようという物好きが――いや、幸せそのものの花嫁がチョコンと椅子に腰かけている。

当然、衣裳（いしょう）はウエディングドレス。白いヴェールが、フワリと顔の前にかかって、お世辞にも奥床しいとは言えない顔をカバーしてくれている。

ただし、断っておかなくてはならないが、冒頭の捨てゼリフを吐いたのは、この花嫁ではない。そのそばについている、制服を着た若い女で、当然、制服を着ているからには、この式場の従業員なのである。

仕事で毎日毎日、結婚式を見ていると、ちっとも感激しなくなるとはいえ、それなりに、一生一度の晴れ姿（最近は一度とは限らないようだが）が、少しでも引き立つようにと駆け回っている。

しかし、今日ばかりは……。

全く、いい加減にしろ、と言いたくもなったのである。

「だって……」

花嫁の方は、グスン、グスンと、風邪でも引いたみたいに、鼻をすすり上げている。泣いているのである。

「もうここまで来たんだから、諦めなさいよ！」

と、制服の娘は言った。「どうせ、ここで辞めたって、大した男が出て来るわけじゃなし、さ」

「そりゃ私だって……」

と、すすり上げ、「あの人となら一緒になってもいいと思ったから……グスン、ここまでついて来たのよ」

「じゃ、いいじゃないの！」

「だけど……あの人ったら、他に女がいて……子供まで作って……グスン、それが、ゆうべになって初めて分って……」

「じゃ、ゆうべやめりゃ良かったじゃないのよ」

「そんな……いい笑い者だわ」

「だけどねえ、今さら、気が変わりましたから帰りますなんて言われたって、困んのよね。ともかく、今日は何の日か知ってる？」

「――私の結婚式」

「馬鹿。大安吉日なの。大安吉日。分る？　大ラッシュなのよ。この式場」

「私は仏滅だって良かったのよ。でも彼のお母さんが大安でなきゃだめだって――」

「そんなこと関係ないでしょ！」

と、制服の娘は、かみつきそうな顔で言った。「いい？　ともかく、時間通りに式を始めてくれないと、後がつかえてんの。次の組までに五分しかないんだから！」

「だって……これは一生の問題ですもの」

と、花嫁の方は、まだこだわっている。

「迷うんなら、もっと早く迷いなさいよ！——ああもう時間じゃないの。前の組が終るころだわ。いい？　ちゃんと式を済ませてね！」

と、制服の娘は、控室を飛び出した。

前の組が終って、ゾロゾロと出て行く。

これで式場を空にし、飾りつけや花を、注文のあった通りのものに取り替える。それから、両家の参列者を案内して来て、着席させる。

これを十分間でやってしまわなくてはならないのだ。——式場が空になるのを待って、中へ飛び込む。

さて、制服姿の娘が、この物語のヒロインである。名前は明子。

「あきこ」と読む。

姓は——忘れた。いや、本当は永戸(ながと)というのだが、ともかく、誰でも、ちょっと知り合いになると、

「明子」

としか呼ばない。

それくらい「明子」という名が、ぴったりしているのである。

二十一歳——という年齢は、先に述べた。大学生である。

といって、ここでさぼってアルバイトをしているわけではない。わけあって、停学

処分を受けているのだ。

その辺の事情はまた改めて述べるとして、この永戸明子、いかにも現代っ子らしく、スマートで、足もスラリと長い。ちょっと見には、きゃしゃな体つきなのだが、その実、当人も美貌よりは体の方に自信があるというのが本音。

色は健康に陽焼けして、夏に海へ一週間行っていたのが、今もってきいている。

クリっとした目、大きめの口、さぞかし食べるだろうな、と思わせる。そして事実、よく食べる。

それでいて太らないという、羨ましい体質である。

特別に美女というわけではない。六本木あたりを歩いていても、「モデルにならない？」と声をかけられたことは一度もない。

可愛くないわけじゃない。いつも、ボーイフレンドには、

「可愛いよ」

と言われている。

言わせている、という方が正確かもしれない。

しかし、ともかく、明子は人気がある。性格が、サッパリしていて、クヨクヨとか、グズグズとは縁がないせいだろう。付き合っていて、気持いい、というタイプなのだ。

元気がよくて、さっぱりした気性。少々元気がよすぎるのが玉にキズであるが……。

――さて、明子は、式場の手配をすっかり終えると、ホッと息をついた。

これで、参列者を呼びに行けば、後は式に移れる、というわけである。

あんな風に、間際になって、何のかのと言い出す花嫁も、いないではない。そういう手合は、せかしてさっさと事を運んでしまうのが一番なのである。

「どうぞ式場の方へ」

と、両家の控室へ声をかけると、明子は花嫁の控室へ戻って来た。

「さあ、すぐ式ですよ。覚悟はできま――」

変なところで言葉が切れた。

明子はポカンとして、そこに脱ぎ捨てられたウエディングドレスを見つめていた……。


オルガンが、結婚行進曲を奏でる。

花婿は先に牧師の前に立っている。花嫁の入場である。

白いウエディングドレスに身を包んだ花嫁は、いやにうつむいて、足もとが危い感じで進んで来る。

大丈夫かな、というように、花婿は首をかしげた。――しかし、辛うじて、転びもせずに花嫁が到着する。

花婿はホッとして、微笑みかけた。花嫁が顔を上げる。——花婿は、アッと声を上げるところだった。

花嫁は別人だったのである。

「君……」

と言いかけた花婿のわき腹を、花嫁が肘でどんとついた。

「静かに」

と低い声で囁く。

「どうしたんだ？」

「彼女、逃げちゃいましたよ」

「何だって？」

「気が変ったんですって」

「君は……」

「私、ここの従業員」

「一体どうして——」

「困るんですよ、もめごとは。ちゃんと時間通りに終ってくれないと」

「だけど——」

「この場はともかくおとなしくして下さい。対策を立てるのは、後で」

もちろん、この花嫁、明子である。

式が終って送り出しちまえば、明子の責任の範囲の外になる。——何とか、そこまでは強引に持って行きたい。

「参ったな……」

と、花婿は当惑顔（当然だ）。

「自業自得でしょ」

「うん……しかし……君、披露宴の方にも出てくれるの？」

「冗談じゃない！　忙しいんですよ」

「じゃ、どうすりゃいいんだ？」

「知るもんですか」

明子は肩をすくめた。

——何しろ、この大安吉日。こんなとぼけた事件はあったのだが、この程度のことなら、あまり害はない。

もっと大きな事件が、明子を待ち構えていたのだ。

ところで、この式、そのものは、一応無事に終った。

明子は控室へ戻ると、急いでウエディングドレスを脱いだ。——これでこっちはお役ごめんだ。後のことなんか知るか！

制服を着ようとしていると、急にドアが開いて、明子は、飛び上りそうになった。

「いや——失礼」

見れば、たった今、式を挙げた花婿である。

「何よ！　出てって！」

「いや——つまり——その、今、一緒に式を挙げて、君に惚れちまったんだ」

「何ですって？」

「ねえ、どうせ、これから披露宴だし。僕と結婚しないか？」

「気は確かなの？」

「もちろん！　いや、そうでもない」

と、いきなり花婿は控室へ入り込んで来ると、「君を離さないぞ！」

と、叫んで、下着姿の明子めがけて飛びついた。

ここで、ヴァイオレンスポルノ並みの強姦シーンを期待される向きにはお気の毒ながら、明子は、そんなときにキャーキャーとわめいているだけの娘ではないのである。

明子がサッと身を沈めると、花婿の方は目標を失って前のめりになる。

次の瞬間には、花婿の体は宙を一転して、床へいやというほどの勢いで叩きつけられていた。ウーン、とうめいて、花婿、しばし起き上る気力もないらしい。

「甘く見ないでよ」

と、明子の方は息も乱さず、制服を着ると、

「じゃ、毎度どうも。この次もぜひ当式場でね」

とPRしてから、控室を出て行った……。

2　余り、なし

終った！

フウ、と明子は息をついた。

全くもう――忙しい一日だった。それに、この式場たるや、経営者がガメツイので、早めに仕事の終る者は、披露宴の方を手伝わねばならない。

「ご苦労さん」

と、声をかけて来たのは、主任の保科光子(ほしなみつこ)である。

「どうも」

「疲れたわ、今日は」

と、保科光子も、ドサッとソファに並んで腰をおろす。

保科光子は、三十代の後半――だろう、と明子は考えている――の、独身女性。よく仕事もでき、それでいて、カリカリしたところがない。

「明子さんのおかげで助かるわ」

と、光子は言った。

「保科さんも大変ですね。たまには休みでも取ったら？」

他の主任の中には、わざわざ、

「主任さん」

と呼ばせる人もいるが、保科光子はそんなことはしない。

その点も、明子は大いに気に入っているのである。

「私なんか独り暮しだもの」

光子は笑って、「休み取ったって、することもないし。――却って、忙しくて目が回りそうな方が楽でいいのよ」

と手を振った。

そんなものかな、と明子は思った。しかし、気楽そうに振舞っているこの人の、どことなく寂しげな陰の部分。

明子は、そんなものを、感じることがあるのだった。

「そうそう」

と、光子が言った。「花嫁さんに逃げられちゃった人、どうした？」

「ああ。結局披露宴は、一人でやったみたいですよ」

「一人で？」

「ええ。『花嫁が疲労で倒れまして』とか言って。――客の間じゃ、きっとあれはつわりだ、って言い合ってましたけど」

「冴えない話ね。どうする気なんだろ。でも、こっちにはもう関係ないけど」

と光子は欠伸をした。

「——あ。そうだ！」

と、明子が手を打った。

「どうしたの？」

「忘れてたわ。あのウエディングドレス、控室に置いたまま——」

「貸衣裳？　じゃ、しわにならない内に、戻しておかなくちゃ」

「そうですよね。取って来ます」

「私も行くわ。どうせ式場の点検があるものね」

明子と光子の二人は、式場の方へと足を早めた。明子は控室のドアを開けた。

明りが消えていて暗い。——手探りで、スイッチを押す。

チカチカと蛍光灯が点滅して、明るくなると、明子は、

「キャッ！」

と声を上げた。

「どうしたの？」

保科光子も覗いたが、「まあ——」

と言ったきり、絶句。

そこには、花嫁が座っていた。

明子がここへ脱いで置いて行ったウエディングドレスを着て、じっと顔を伏せている。

「ああ、びっくりした」

明子は、胸を押えて、「帰って来たんですか？　もうとっくに披露宴も終っちゃいましたよ」

と言った。

ふと、明子は妙な気がした。

この花嫁は、うつむいたきり、一向に動かないのだ。――そういえば、ヴェールがかかってはいるが、あの、逃げた女とは別人のようにも思える。

「何だか変よ」

と、光子が言った。

「そうですね……。あの、ちょっと――」

明子は近づいて、花嫁の肩を、軽く叩いてみた。

すると――花嫁がゆっくりと動き出したのである。

立ち上った、というのならともかく、座ったまま、真横へと、体が傾き始めたのだ。

明子は、愕然としていた。

その花嫁は、そのまま、ゆっくりと勢いをつけ、椅子から落ちながら、床に倒れてしまった。

まるで、スローモーションの画面を見ているようだ、と明子は思った。

いや、そんな呑気なことを言っている場合じゃない。大変だ、何とかしなきゃ。

思うばかりで、体が動かない。

さすがに、光子の方が素早く動いた。

倒れた花嫁へ駆け寄って、ヴェールを上げる。明子は、息を呑んだ。

カッと見開いた目。半ば開けた口、土気色の顔。——死んでいるのだ、と直感的に分った。

「明子さん！　救急班へ、早く！」

と、光子が叫ぶように言う。

「はい」

明子は控室を飛び出して、廊下を走った。そして、走りながら、あの女性は、逃げ出した花嫁とは違う、と気付いていた。

「妙な話だな」

部長の村川が、渋い顔で言った。

大体いつも飛びきりの渋いお茶をがぶ飲みしているような顔なので、あまり変化はなかった。

「身許は分らないのか」

と村川は、保科光子へ訊いた。

「証明書とか、その類の物を何も持っていないんです」

と、光子は言った。

「しかし……うちの控室で死ぬことはないじゃないか！」

いかにも村川らしい言い方に、こんなときでも、明子は吹き出しそうになってしまった。

「警察へは？」

「連絡しました。もう来ると思いますけど」

と、光子が答える。

村川はムッとしたように、

「私に相談してからにすべきじゃないか！」

と言った。

「通報は当然だと思います」

と、光子はひるむことなく言い返した。

「そりゃまあ……。しかしだね、これが人目についたら——」

「裏口へ回っていただくように、お願いしてあります」

「そ、そうか。——そうならそうと言えばいいのに」

村川は咳払(せきばら)いをして、「ところで、私はちょっと、これからどうしても外せないパーティがある。できるだけ早く戻って来るが、もし——」

「どうぞ、ご心配なく。警察の方は私に任せておいて下さい」

「そうかね？　じゃ、よろしく頼むよ」

村川が、早々に行ってしまうと、

「だらしない人！」

と、光子は肩をすくめた。

「怖いのかしら」

と明子が言った。

「自分の責任になるのがいやなのよ。責任逃れ。お得意だわ」

「でも——どうしたらいいんでしょう？」

「仕方ないじゃない、警察の人に任せておくしかないわ」

光子は、時計を見て、「もう来ると思うんだけど……」

「私、行って見て来ます」

「いいわ。ここにいてくれる？　私が行って来るから」

「はい」

明子は肯いた。

死人のそばで待っているというのも、いい気持じゃないが、大して長いことでもあるまい。

でも、この花嫁、一体どこの誰なのだろうか？

明子は腕を組んで考え込んだ。

ともかく、今日、式を挙げた、本物の花嫁でないことは確かである。花嫁が一人余るなんてはずがない。

それに、ドレスはたまたまここに置いてあったものである。

ということは、何かの用でここへ来て、たまたまドレスを見付け、着てみた、ということになる。

しかし、それで、なぜ死んでしまったのか？　死因はまだ分らないにしても……。

もう一つ、妙なのは、ドレスを着るために脱いだはずの服がないことだ。面白半分にでも着たのなら、その辺に服や持物があるはずではないか。

だが、何の理由もなく、こんな所の、こんな奥にまで来て、自殺するという物好きがいるだろうか？

「もしかしたら……」

と、明子は呟いた。

これは殺人かもしれない。

「すると、まるで見憶えがない？」

刑事が、欠伸をかみ殺しながら訊いた。

明子は少々呆れながら、

「ええ、私は全然」

と答えた。

「私もです」

と、光子が言った。

「しかし、ここで死んでいるからには、何か理由があるんだよね」

「そこまで、私どもには――」

「うん。しかし……初めて来た人なら、こんな部屋に入らないんじゃないか？」

「それは分りませんわ。色々なお客がいらっしゃいますもの」

と光子が言った。「他の方の式へ平気で入りこんだり、ドアを見ると、片っ端から開けて行ったり……。ここへ入っても不思議はありません」

「なるほど。――今日は何組の式があったんだね？」

「十二組。――本当に忙しくて」

「客の顔なんかが頭に浮かぶことは？」

「無理です。全部のお客様は、とても……」

「何か、今日の式で、変ったことはなかったかな？」

「いえ、特には――」

と光子は言った。

「ただ――」

と明子。

「ただ？　何なんだい？」

「式の直前に逃げちゃった人がいます」

「その人は――女性？」

「はい。このドレスは、その人が借りていたものなんです」

「それを被害者が見付けたのか。なるほどね」

「被害者ですか？」

と、光子が訊き返した。「じゃ、あの人は殺されたということなんですか」

「ああ、いや――」

と、刑事はあわてて、「そういうわけじゃないんだ。ただ、一応はね、疑ってみないと……」
現場は写真におさめられ、さらに色々と調べられていた。
明子は、物珍しさも手伝って、熱心に、その様子を眺めていた。
「待たせたね」
と、声がして、初老の男が、フラリと入って来た。
検死官であることを、明子は後で聞かされたのだった……。

3 変死、怪死（かいし）

「どうです？」

と、刑事が訊いた。

「うーん」

と、その初老の男は唸（うな）った。

死体を前にしているので、唸ってもおかしくない。

明子は、部屋の隅に立って動かなかった。

主任の保科光子が、

「明子さん、用があるなら、帰ってもいいわよ」

と言ってくれたが、明子としては別にそう急ぐわけでもなく、それに少々大切な用があったって、こんな風に殺人（かどうか、はっきりしないが）の現場に出食わすなんて、めったにないことなのだから、動く気はなかった。

「いいえ、大丈夫です。見届けたいわ、せっかくですもの」

「若いのね」

と、光子はちょっと笑った。

「あの人、何かしら？」

と、明子は低い声で言った。

「あの、年取った人？　きっと偉い人よ。警部さんとか――」

「それにしてはパッとしないけど」

「大体そんなものじゃない？」

二人はあわてて口をつぐんだ。その初老の男が二人の方へやって来たのだ。

「死体を発見したのは……」

「私たちです」

「そうですか」

と、その男は肯いた。「いや、びっくりしたでしょう」

「ええ、まあ……」

と、光子が言った。

「私も昔、若かったころですが、初めて死体を見てひっくり返ったことがあります」

「はあ」

「それに比べると今の若い方は落ち着いておられる」

光子と明子は顔を見合わせた。

――何だかずいぶんのんびりしたおっさんだわ、と明子は思った。

「私はそう若くありませんけど」

と光子が言うと、相手はちょっとキョトンとして、それから笑い出した。

「冗談を言ってはいけません！　あなたなど、私から見りゃ娘のようなものだ」

光子たちも仕方なく苦笑した。

——どうなってるの？

「先生、どうなんですか？」

と刑事の一人が、しびれを切らした様子で、やってきた。

「や、済まん。——しかし、ここでは結論が出んよ。要するに変死だ」

「先生にはかなわないな」

と刑事は苦笑して、「じゃ、早いとこ結論を出して下さいよ」

「ああ分ったよ。しかし、晩飯ぐらい食わせてくれ」

その「先生」は、来たときと同じようにフラリと出て行った。

「あの——」

と、明子が刑事に声をかけた。

「今の方はお医者さんですか？」

「検死官ですよ。変ってましてね。名物なんです。志水（しみず）さんといって。——あれ、戻って来た」

その検死官、明子たちの方へ戻って来ると、

「さっき訊き忘れましたが、この死体を見つけたとき、何か変ったことには気付きませんでしたか？」

「変ったことって……別に。ともかく、死体に気を取られて」

「なるほど、無理もありませんな。――服はなかったですか？」

「ええ、この通りです」

「そうか。――分りました。では」

と、さっさと出て行く。

「あれで結構優秀なんですよ」

と刑事が言った。「ただ、時々、とんでもないことを言い出しますけどね」

「あら、また――」

と光子が言った。

検死官は、また戻って来ると、

「言い忘れた。私は検死官の志水。『清い水』でなく、『志のある水』です。お名前は？」

「は――あの――保科光子です」

「私は、永戸明子」

「そうか！　では、これで失礼」

と、今度はまたのんびりと、散歩でもしに行くように、出て行った。

明子と光子は、ポカンとして、その後姿を見送っていた。

「——変った人でしょ」

と、刑事が言った。

それから、

「きみ、もう運び出してくれ」

と声をかける。

「あの——その衣裳、うちの貸衣裳なんですけど」

と、光子が言った。

「そうですか。しかし、何しろ重要な証拠ですので」

「じゃ、上司にその旨を説明していただけませんか」

「分りました。じゃ、案内してもらえますか」

——光子が刑事と一緒に控室を出て行く。

明子は、ウエディングドレスの、名も知らぬ女性が運び出されるのを見ていた。

なんとなく侘しい光景である。——一体、あの女性がどういうつもりでここへ入り込んだのか、そしてなぜあの衣裳を身につけたのか、明子には知るすべもないが、いずれにしても、幸福を包むべきあの白い服が、今は死に装束になってしまったわけだ。

死体の顔も、一目見たときはギョッとして、あまり良く見なかったが、慣れて来てよく見ると、ずいぶん若い。

たぶん明子と同じくらい——せいぜい二つ三つしか違うまい。

あの若さで死ぬなんて。

何だか、明子は、虚しい気分になって来てため息をついた……。

「——お待たせ」

と、光子が出て来た。

従業員出入口を出ると、もうすっかり外は暗くなっている。

「とんだ残業だわ」

と光子は、薄い地味なコートをはおって、首を振った。「手当はつかないし」

「でも、面白かったわ」

と言ってから、明子はあわてて、「もちろん、亡くなった人は気の毒ですけど——」

と付け加えた。

「分るわ」

光子も微笑んだ。「あんなこと、目の前で見るのなんて、めったにないことですものね」

そうですね。――どうかしら？　殺人だと思います？」

明子は歩きながら言った。

「そうね、いずれにしても殺人じゃない？」

「いずれにしても、って？」

「直接手を下して殺したか、それとも彼女が自殺したのか、それは分らないけど、たとえ自殺だとしても、あんな所で死ぬからには、きっと男に捨てられたかどうかしたんでしょう」

「そうでしょうね」

「それなら殺人も同じよ。罰せられないだけ、罪が深いわ」

光子の話し方は、いやに真剣だった。明子は、おや、と思ったものだ。

しかし、光子はすぐにいつもの笑顔に戻った。

「さあ、私、どこかで夕ご飯食べて帰らないと」

「保科さん、お一人でしたっけ」

「そうなの。つまらないもんよ、一人暮しなんて。あなたはご両親と、でしょ？」

「ええ。口やかましくて困ります」

「一人でいると、その口やかましいのが恋しくなるわ。じゃ、また明日」

と、光子は手を振って別れて行った。

「さよなら！」

元気に言って、明子は少し足を早める。

これで帰ると、たぶん家につくのは九時ごろだろう。

両親が心配するといけない、と明子は足を早めた——というのは表向きで、本当はお腹が空いていたのである。

駅へ入ろうとして、明子は定期券を出そうとバッグを探った。

「あれ？」

入っていない。——おかしいな。

ここから出した憶えはないのだけれど。

「変だな」

と引っかき回していると、

「失礼」

と声をかけられた。

「はあ」

「これを落としませんでしたか？」

それは明子の定期券だった。

「あ、すみません」

「いえ」

若い男だった。——定期入れを明子へ渡すと、そのまま行ってしまう。

「ああ、良かった」

と、改札口を入りかけて、ふと、おかしいな、と思った。

今の男、駅から、明子がやって来た方向へと歩いて行った。——すると、この定期入れを、どこで拾ったのだろう？

明子は振り向いた。もう男の姿は見えなかった。


「お帰り」

母の啓子は、大欠伸をしながら言った。「早いね、今日は」

「皮肉ばっかり言って」

と、明子は言った。「娘が労働に疲れて帰って来たというのに！」

「何を気取っているの。——お腹は？」

「飢え死にしないのが奇跡よ」

「大げさだね。——電子レンジで温めるから待っといで」

明子の「強さ」は、どうやら、この母譲りである。

ともかく、がっしりしていて、大きい。頼りがいがあるという感じだ。

「お父さんは？」

「出張」

「へえ。――じゃ、帰って来ないのか。ねえ、今日、殺人事件があったのよ」

「ふーん、そう」

と、啓子は一向に気にしていない様子。

「びっくりしないの？」

「どうせＴＶか映画の話しだろ」

「違うのよ！」

明子は、詳しく説明した。「――きっとあの人、殺されたんだと思うわ。私が死体を発見したのよ！」

劇的効果のために、明子は自分一人で死体を見つけたことにしたのである。

「大丈夫？」

と、啓子が心配そうに言った。

「何が？」

「そういうときは、死体を見つけた人が疑われるんだよ。何か悪いことをしていたら、今の内に白状しておきなさい」

「冗談じゃないわよ！」

と、明子は顔をしかめた。

手早く食事を取ると、明子は風呂へ入った。

明子は——ここはあくまで湯気の白い幕を通して見ていただきたいが——なかなかいいプロポーションをしている。

細身だが、やせているのでなく、締っている体つきの良さだ。

ところで明子の欠点——というほどでもないが——の一つは、長風呂である。

「もういい加減に出なさい」

と、啓子に言われて、それから二十分はかかる。

これが自然に美容にプラスしているのかもしれない。

「化粧石ケンか」

と、明子は呟いた。

明子は一番安物の白い石ケンが好きなのである。やたら香りの強い石ケンでは、その匂いの残るのが気になった。

そんな風だから、色っぽさに少々欠けているのかもしれない。

石ケンの匂いをからだに漂わせているのは好きだが、香水の匂いをプンプンまき散らしているのは苦手だ。

大体あんなのは、当人だけが喜んでいて、周囲は迷惑してるものなんだから……。

「──そうだ！」

と、明子は思わず口走った。

あの、定期入れを拾った男。──いや、本当に拾ったかどうか怪しいものだが、あの男、いやに香水をプンプンさせていた。

男のくせに、とチラッと思ったのを思い出したのだ。

男があんなに香水をふりかけることってあるかしら？

しばらく考えて、思い当った。

──結婚式だ！

「明子！　いつまで入ってるの！」

いつもの通り、啓子の声がした。

4　ショックの朝

結婚式というのは、そんなに朝早く、六時とか七時とかからやるものではないが、その準備は至って早い。

もっとも、明子は午後の担当なので、出勤はゆっくりだった。

これが母の啓子には気に入らないようだ。

「朝起きて働きに出る。これが本当の仕事ってもんよ」

と、非難するが如き目で、娘を見るのである。

その代り、夜が遅いのだから、といくら言っても、聞いてくれない。

おかげで大体いつも明子は十時には朝食の席につく。

「眠いよう」

とブツブツ言いながら、ブラックコーヒーをがぶ飲みしていると、玄関に誰かが来たらしい。母が出て応対している。

こういう時間はセールスマンが多いものだ。どんな押売りだって、啓子にかかれば、あわてて逃げ出さざるを得なくなる。

「これだけ言っても分らないの！」

と、腕まくりをしたときの啓子の迫力は大変なものなのである。

だが、どうも今朝はそうでもないらしい。——少しして顔を出すと、

「明子、お前にお客よ」

「私？」

と、明子は訊き返した。

「そう。何だか——保科さんて人に頼まれたって」

「あら、何かしら」

明子は、パジャマのままだったので、あわててTシャツとジーパンに着替えた。

玄関へ出てみると、若いOLらしい女性が立っている。

「あの——私が明子ですが」

「ああ、永戸さんですね。私、保科さんと同じアパートに住んでるんです」

「そうですか。あの、何か伝言でも？」

具合が悪くて休むのかと思ったのだ。しかし、考えてみれば、それなら電話一本かけて来れば済むことである。

「いいえ、そうじゃないんです。これを——」

と、その女性が取り出したのは、何やら、お弁当箱ぐらいの大きさ、形の紙包みであった。

「それは？」

「中は分りません。ただ、保科さんが、今朝こちらへ届けてくれって」

「保科さんはどうかしたんですか？」

「ゆうべ、遅くに、出かけたみたいでしたよ」

「ゆうべ？」

「ええ。十二時過ぎに、私の所へみえて、これを置いていかれたんです。そのとき、旅仕度でした」

「旅仕度を？」

「どこへ行くのかは聞きませんでしたけど、しばらく留守にするとおっしゃってました」

「留守に……」

明子は面食らった。――そんな風に突然、いなくなってしまうとは。

何があったのだろう。

部屋へ戻ると、明子は包みを開けてみた。中にはもう一つ包みが入っていて、一通のメモがつけてある。

間違いなく、保科光子の、きれいな書体であった。

〈明子さん。突然ごめんなさい。この包みを預かって下さい。もし、私の身に万一の

ことがあったら、これを開けて下さい。光子〉
明子は、三回、読み直した。
わけが分らない。「万一のことがあったら」というのは、どういうことだろう？
明子は、すっかり眠気もさめてしまった。

少し早めに出勤した明子は、上司の村川の所へ行った。

「失礼します」

と、声をかけると、ちょうど廊下に出ていた村川は、

「ちょうど良かった！　君に用があったんだ！」

と、明子の腕を取るようにして、自分の部屋へと連れて行った。

ドアを閉めると、

「一体どういうことだ？」

といきなり言った。

「何のことです？」

「とぼけることはないだろう」

と村川は仏頂面だ。

「だって、分りません」

「保科君が突然辞表を出した」

やはりそうか。それを調べたくて、来たのだ。

「知っていたのか？」

「いいえ」

「少しもびっくりした風じゃなかったぞ」

「今朝聞いたんです」

「本当か？　理由は？」

「知りません。直接会っていないんです」

「フム」

村川は肩をすくめた。「——仕方ない。こんな風に突然辞められては全く困ってしまうよ」

「村川さんはお会いにならなかったんですか？」

「会わないよ。今朝出て来ると、机の上に辞表が置いてあった」

「文面は……」

「ただ、〈一身上の都合〉だ。——こっちだって一身上の都合で逃げ出したいよ！」

文句ばかり言っている男が、明子は大嫌いである。

さっさと部屋を出た。

自分の仕事の時間には少し早い。——明子はロビーへ行って、コーヒーを飲んだ。

最初の組が、そろそろ終って出て来る。

ロビーでは、あちこちで、久しく会わなかった親戚同士の挨拶がくり返されていた。

「結婚式ってのは、いいもんだな」

と、急に近くで声がして、明子は仰天した。

「——尾形君！　ああびっくりした！」

「失礼、おどかすつもりだったんだ」

と、尾形は笑った。

「大学の方はいいの？」

「うん、今日は休講さ」

「さぼってばっかり！」

「人聞きの悪いこと言うなよ。学生は喜ぶ。こっちも楽だ。一石二鳥じゃないか」

「変なの」

と明子は笑った。

尾形和敏。——明子の通っている大学の講師である。

二十七歳という若さ。しかも、見た目が若いので、大体学生と言って通用するのだ。

明子も友だち扱いで、

「尾形君」

と呼んでいる。

尾形の方も、そう呼ばれるのが楽しいらしいのだ。——といって、この二人、恋人同士というわけではない。

単に仲のいい友だちなのである。

「何かあったの」

と、明子は訊いた。

「君の処分のことさ。どうやら今度の理事会で解けそうだよ」

「そう」

「——あんまり喜ばないね。せっかく僕が努力して、こぎつけたのに」

「ありがとう。でもね……ちょっと気になることがあるのよ。——学長さんは、事情を分ってくれたの？」

「うん。ともかく君が暴力を振るって、三人の男をけがさせたのは、中学生の女の子を守るためだった、ってことは評価しているようだ」

「あんなもの、暴力の内に入らないわ」

「しかし、ともかく君は合気道をやるわけだから、少し手加減すべきだった、と学長は言ってたよ」

「向うは三人よ。いくら私だって、そんなこと言ってらんないわ」

「僕もそう言ったがね。——学長は渋い顔をしていたよ」

「あれより渋い顔ができる？」

と言って、明子はぎゅっと顔をしかめて見せた。

「君は愉快だな」

と、尾形は笑って、「ところで君の方の気になることって？」

「うん。実はね……」

と言いかけて、明子は言葉を切った。

「どうした？」

「あれ……あそこに……」

明子は立ち上った。

ロビーの入口が見えている。その扉から入って来たのは、保科光子だった。

しかし、明らかに様子がおかしい。——服装は、外出するようなワンピースだったが、足もとが、ふらついている。

「保科さん——」

明子は、駆け出した。

保科光子は、二、三歩進んで、明子のことに気付いたようだった。右手を、明子の方へ伸ばす。

そして、そのまま、その場に倒れ伏してしまった。

「——保科さん！」

明子は駆け寄った。「どうしたんですか！　しっかりして！」

尾形もやって来て、保科光子をかかえるようにして体を起こしてやった。

「この血！」

と、明子が息を呑んだ。

抱き起した尾形の手に、べっとりと血がついた。背中に、血のしみが、広がっているのだ。

「誰か呼んで来るんだ！　それと救急車！　早くしろ！」

尾形の声が別人のように鋭い。

明子は、驚く人々を尻目に、ロビーを駆け抜けて行った。

5　二つの死

明子は走っていた。

いや――正確に言うと、歩いていた。

ただ、その勢いが、あまりに迫力を感じさせたので、まるで走ってるみたいだったのである。

廊下ですれ違った者は、みんな思わず振り向いたし、仕事をしていて、明子に気付いた者は、しばし手を休めて、その姿を目で追っていた。

まるで、式場の中に、つむじ風でも巻き起こそうとしているかのような勢いで、明子は、絨毯(じゅうたん)を踏んで行った。

目指すは、〈社長室〉である。

およそ社長に呼ばれるような用のない明子も、社長室の場所ぐらい知っている。

ドアが近づいてきた。行進曲が聞こえて来ないのが、不思議なくらいである。

ドアがびっくりしそうな勢いで、明子はぐいと開けた。

正面に机があり、秘書らしい娘が仕事をしていた。明子が入って行くと、びっくりして顔を上げ、

「あの——何か——」

と、言葉も出ない様子。

「社長は！」

明子は怒鳴るように言った。

およそ、「訊く」という感じではない。

「私だが」

横のほうで声がした。——わきにもう一つ机があり、そこに、六十ぐらいの、ちょっと貧弱な老人が座っていた。

「そんな所に隠れてたのね」

と明子は言った。

「私の席はもともとここだ」

と、社長は立ち上って、「君は何だ？　制服を着とるところを見ると、うちの社員だね？」

「ほんの二分前まではね」

と言ったと思うと、明子は、社長につかつかと歩み寄り、「エイッ」

と声を発した。

どこをどうやったのか、社長の体はみごとに一回転して、床にドシンと落下した。

分厚いカーペットの上だったので、助かったが、そうでなければ、キュッといっていたかもしれない。

「社長！」

と、女性秘書が駆け寄ってくる。「大丈夫ですか？」

「う、うん……何とか……生きとるようだ……」

社長は腰を押えつつ、起き上った。「この女は何だ！」

「はい、すぐにガードマンを――」

と秘書が飛び出して行くのを、明子は止めようともしなかった。

社長の方はハアハアいいながら、椅子に戻って、ぐったりと座り込んだ。そして、明子が、腕組みをして立っているのを見ると、

「どうして逃げんのかね？」

と訊いた。

「自分のしたことの責任は取ります」

と明子は言った。

「そうか」

「正しいと思ったことをやったんだから、なおさらです」

「フム」

社長はハンカチを出して口を拭うと、「ところで、君は正しいことをやって満足かもしれんが、私にも説明してくれんかね。なぜ自分が投げ飛ばされたか知りたい」

「投げ飛ばすなんて、オーバーな」

と、明子は言った。「ちょっとひねっただけです」

「まあひねりでもいいがね――」

「じゃ、申し上げます」

と、明子はピンと背筋を伸ばして、「三日前、こちらのベテラン従業員、保科光子さんが亡くなりました」

「ああ、刺し殺されたそうだね。気の毒だった。私はちょうど出張中だったが。犯人はまだ見つからないとか?」

「そのようです」

「で、それが何か関係があるのかね?」

「彼女には死亡による退職として、退職金が支払われました」

「当然だな」

「ところが」

と、明子がぐっと身を乗り出したので、社長はあわてて椅子ごと後ろへ退がった。

「――その退職金から、五十万円も、差し引かれていたんです! 何のお金だと思います？　保科さんが倒れて、その血でロビーのカーペットが汚れたから、買いかえた、その代金ですって！　こんな馬鹿な話ってありますか？」

明子の顔は、真っ赤になった。

「誰が、刺されたときに、いちいち倒れる場所のことなんか考えてられますか！　それを退職金からさっぴくなんて、人間のすることじゃありません！」

社長は、じっと明子を見ていたが、

「そんなことがあったのか」

と肯いた。

「知らないふりをしてもだめです！　ちゃんと部長の村川さんが『これは社長の命令だ』と言ったんですからね！」

そこへ、ドタドタと足音がして、ガードマンが駆けつけて来た。

「この女です！」

と、秘書が叫ぶ。「社長に暴行を働いたんです」

「そうか。おい、一緒に来い。警察へ引き渡してやる」

とガードマンが腕を取ろうとするのを振り切って、

「触るな！　行くわよ！」

と明子はさっさと歩き出した。

「待ちなさい」

と、社長が止めた。「もういい。ご苦労さま」

「はあ?」

ガードマンが面食らって、「しかし、この女が——」

「無理もないのだ」

と社長は肯いて、「私がしつこく言い寄っていたので、彼女が手を払ったら、私は軽いので一回転してしまった。——騒がせてすまない。もう引き取ってくれ」

ガードマンは呆気(あっけ)に取られながら、戻って行ったが、もっとびっくりしたのが、当の明子で、

「——何のつもりです?」

「いや、これから昼食に出ようと思っていたんだ。一緒にどうかね」

明子は、社長をにらんで、

「警察に引き渡さない代りに、言いなりになれ、なんて言ってもだめですよ」

「まだ命は惜しいよ」

と、社長は笑い出した。「さあ、おいで」

結局、一番わけが分らないのは、残された秘書であった。

「――そのお金はすぐ遺族へ返すよ」

と、社長はナイフを握りながら言った。「村川にも、きつく言っとかなくちゃいかんな。仕方のない奴だ」

「お願いします」

と、明子は言って、「ついでにもう一つ――」

「何だね？」

「デザートにアイスクリームを取ってもいいでしょうか？」

社長は笑い出した。

「いいとも！　好きなものを食べたまえ」

いつもの社員食堂とは違って、かなり上等な店なのである。

「すみませんでした、早とちりして」

と明子は言った。

「いや、君には感心した。なかなかそこまで同僚のことを思いやることはできないものだよ」

「誰かに刺されて、犯人も分らないなんて、あんまり可哀そうで」

「そうだねえ。そういえば、この前、うちの控室で死んでいた女性は――」

「まだ身許も分らないみたいで――」

と言いかけて、明子は、「あら」と声を上げた。

店に入って来てキョロキョロしているのは——確かに、あのときの検死官だ。

「志水さん。ここです」

「ああ、ここにいたのか」

志水は、足早にやって来た。「ここじゃないか、と聞いて」

明子は、社長と志水を互いに紹介した。

志水もすすめられるままに席につく。

「あの女性の身許がやっと分りましてね」

と、志水は言った。

「まあ、良かった」

「地方から一人で上京して来た娘でね。名前は、茂木こず枝。小さな会社のＯＬだったらしい」

「それがどうして——」

「あれは自殺かもしれんのですよ」

「自殺？」

「薬を服んでいる。もちろん、一服盛られた可能性はあるが、自殺とも考えられる」

「でも、彼女の服や荷物がありませんでしたよ」

「それが気になりますな。しかし、結論として、自殺とみなすことになってしまったのでね」

「そんなこと……」

「警察としては手が出ない。一応それをお知らせしたくてね」

「自殺だなんて思えません。だって、それなら、男への当てつけに死んだわけでしょ？　それなら、名前や身許をはっきりさせるはずですよ」

「私もそう思うがね。しかし、こうなってしまったので……」

「役所って、それだから嫌い」

と、明子は仏頂面になって、言った。

「それは問題ですな」

と、社長が言った。「つまり、うちの式場で、挙式した花婿の一人が、その茂木こず枝という女性を、いわば騙(だま)して捨てた、ということですか」

「そういうことでしょうな」

と、志水は肯いた。「彼女に恋人がいたということは分ったようです。しかも、このところ、うまく行っていなかったようで、苛立っていたということです」

「相手の名前は分らないんですか？」

「分らないらしい。彼女も口は固かったようなんです」

「そんな奴をのさばらしとくなんて！」

と明子はカッカしながら、アイスクリームをつっついた。「許せないわ！　社会的制裁を加えてやるべきです！」

「いや、元気がいいね、君は」

と、社長は笑った。

「笑いごとじゃありません！」

と明子は一人でむくれている。

「――ところでね」

と、志水が言った。「この間、あなたと一緒に、死体を発見したという女性がいましたな」

「はい。保科さんです」

「彼女が殺されたと聞いてね」

「そうなんです。ひどい話で――」

と言いかけて、明子は、志水を見つめた。「じゃ、もしかして、その二つの死に関連がある、と？」

「そこが気になったのでね」

と志水は言った。「もし、保科さんが、あのとき、何かを見ていたとしたら。――あるいは、誰かを」

「でも、それなら言うはずですわ」

「見たときには、それが何の意味を持っているか気付かないことがある。しかし、見られた方にとっては、いつ、彼女が、その意味に気付くか、気が気でない……」

「そうかもしれませんね。じゃ、すぐに捜査を――」

「まあ、待って」

と志水は押えて、「警察としては、どうしようもないのですよ。もちろん、彼女が、偶然刺されたという可能性もありますがね」

明子は、ふと眉を寄せた。――何か忘れているぞ。保科光子のことで。

何だったろう？

「――そうだわ！」

明子がいきなり立ち上ったので、志水が仰天して、ソースを飛ばしてしまった。

「あ、すみません。でも――忘れてたんです！　保科さんから預かった包みがあったんだわ。それなのに、あの騒ぎでうっかりしていて」

「包み？」

「ええ。万一のことがあったら、開けてくれ、と手紙がついていて」

「それは面白い」

と、志水は肯いた。「それはまだお宅にあるんですね?」

「そのはずです」

では見せていただきたい。中に何が入っているのか」

「ええ！　もちろん構いませんわ。じゃ、ご一緒に——」

もう食事の終った明子は、まだ食べ始めたばかりの志水の腕を引張った。

6　にわか探偵

「なあに、これ？」

明子は言った。

明子の家の居間。——テーブルの上に、包みが解かれて置かれている。

それを見ているのは、明子と志水、それに、成り行きでついて来てしまった社長……。

弁当箱ほどの大きさの包みを開いてみると、中は本当の弁当箱だった。

しかも中は空っぽ。——一体何のつもりで保科光子は、こんなものを明子へ、預けたのだろう？

「妙ですな」

と社長が言う。

「妙です」

と、志水は肯いて、「手紙は、いやに意味ありげだが。——何の意味なのか」

「確かにこの包みなのかね？」

と社長が言った。

「だと思うんですけど……」

そう訊かれると、明子にも自信はない。

「でも、ずっと家に置いてあったんですもの、他のものと入れ代わるなんてこと、考えられません」

「それはそうだな」

社長が考え込む。大分明子に感化されてきたようである。

「ともかく、残念ながら警察を事件の捜査に乗り出させるには、この弁当箱ではちょっと無理だろうな」

「だからって、みすみす怪しいと分っているのに……」

明子は不満げである。

「そうだ。君、さっき、私を殴ったね」

「殴ったりしませんよ！」

と、明子は目をむいた。「放り投げただけです」

「同じようなもんだ。あの件に関して処罰をしなくてはならんな」

「あ、ずるいですよ。さっきはあんなかっこいいこと言っといて！」

しかし、社長は、明子の抗議には一向知らん顔で、

「差し当り、謹慎処分にしようと思うが、どうかね？」

「お好きなように」

明子はプーッとむくれて言った。

「その間、社長の個人的な用件を果してきて欲しい」

「何をするんですか？」

「伝統ある結婚式場で、女を死に追いやるような男が式を挙げたとなると、これは大きな問題だ。私は経営者として、それを許しておくわけにはいかん。そこでだ——」

と、明子のほうを向いて、「君にその調査を命ずる」

「調査ですって？」

明子は、やっと社長のいわんとするところが分って、今度は目を輝かせた。「じゃ、この事件を調べていいんですね」

「やってくれ。費用は私が持つ」

「分りました！」

しかし、志水はあまり気が進まないようだった。

「それは考えものですな」

「あら、どうしてですか？」

「万一、あの花嫁衣裳で死んでいた女が殺されたのだとすると、それを探る者にも危険が及ぶとみるべきです。つまり、あなたにもね」

と、志水は言った。

「なるほど。そこまでは考えなかった。これはやめておいたほうがよさそうだ」

しかし、一旦その考えを吹き込まれて、明子がすんなり引っ込むはずがない。

誰が何を言おうと、絶対に事件の真相をさぐり出して見せる。そう、固く決心していた。保科光子のためにも……。

「何だって？」

と、うんざりしたように明子を見たのは尾形である。

「分ってるわよ。言いたいことは」

と、明子はソフトクリームをペロリとなめた。「そんな危ないことはやめとけ、でしょ？」

「分ってるじゃないか」

尾形は、ベンチに腰をおろした。

「君は大体、無茶をやりすぎるよ」

「いいじゃない。それでも生きてんだもの」

「当り前だろ」

尾形は、本を持ち直した。

大学の庭である。——今は講義中なので、学生の姿はあまり見えない。

「いいかい、これは、少々の問題とはわけが違う」

「殺人事件なんだ」

「そうさ。君のとこの社長も無責任な人だな、そんなことを言い出して」

「だって、私がぜひ、と言ったんだもの。——ねえ、保科さんは刺されて死んだのよ。私、同僚として、そして友人として、放っておけないわ」

明子は、決然として、ソフトクリームをなめた！

「だけど、万一……」

と言いかけて、尾形は肩をすくめた。「OK、好きにするさ」

「分ってくれると思ってたんだ！　ねえ、お金貸して」

「何だよ、いきなり」

「軍資金よ」

「だって費用はその社長が——」

「友情のために働くのよ。お金なんかほしくないわ」

「僕からなら、いいのか？」

「いいの」

尾形は苦笑した。

「君にはかなわないよ。いくらいるんだい？」

「そうね、まあ取りあえず……」

と明子は言った。「二、三十万もあれば——」

尾形がベンチから落っこちた。


明子は、バスを降りて、息をついた。

「この辺なんだけどな……」

手の中のメモを見る。

しかし、東京都内、住所だけで家を探すというのは、容易なことではない。

「この探偵、貧乏だからね」

と、明子は呟いた。

やはり、多少良心というものがあるので、尾形から借りた（そして、返す気のない）お金で、タクシーを乗り回してはいけない、と思っているのである。

手にしている住所は、あの、控室で死体が見付かった日に、あそこで式を挙げたカップルの住所だった。

あの日は十二組の式があったが、被害者——つまり茂木こず枝との関係がありそうもない男性を除いて、結局、可能性がある男が四人残った。

その一人を、訪ねて行こう、というわけである。

といって、訪ねて行って、

「あなた、茂木こず枝さんと関係があったんじゃありませんか？」

と訊いても、答えるはずがない。

そこはそれ、一応式場の職員という立場をうまく利用するのである。

あちこちで訊いて、やっと訪ね当てる。

「ここか」

――男の名前は、湯川元治（ゆがわもとはる）。妻は雅代（まさよ）である。

昼の時間だから、男の方はいないかもしれない。しかし、妻の方と話をして、却って何か得るところがないとも限らないのである。

家は、小さな建売で、うっかりすると、素通りしてしまいそうだ。

玄関のチャイムを鳴らすと、

「はい」

と声はあったが、なかなか出て来ない。

どうしたのかな、と思っていると、ドアが開いた。

「あの、先日挙式のお手伝いをさせていただきました者ですが――」

と言いかけて、明子は言葉を切った。

出て来たのは妻の雅代だろう。大柄で、迫力がある。

旅行仕度で、玄関にもトランクが見えていた。

「あ、失礼しました。まだお戻りになったばかりでしたか」

「いいのよ。何なの？」

「はい。実は、私どもの会計の手違いで、料金を一万円多くいただいておりましたので、お返しに参りました」

これは、明子の苦心の作である。

――金を返してもらって怒る者はいないだろう、という計算だ。

もっともその金は、尾形からの借金でまかなっていたが。

「まあ、そうなの？」

「おそれいりますが、印をいただけますでしょうか」

明子の作戦は図に当り、向うは急に愛想が良くなった。

「はいはい。ここじゃ何だから、ちょっと上って」

と、促す。

遠慮なく上り込むと、居間へ通された。

ちゃんとお茶まで出てくる。一万円のご利益である。

「じゃ、ここに領収印を。――ありがとうございます」

と、明子は言って、「でも、ずいぶん長いこと、ハネムーンへ行ってらしたんですねえ」

と、居間を見渡す。

「違うのよ」

と、雅代は言った。

「といいますと？」

「私、家出しようとしてたところなの」

雅代の言葉に、明子は啞然(あぜん)とした。

7 絶望的結婚

「家出って……」

「家を出るの。分る？」

と、湯川雅代は言った。

「ええ、そりゃまあ」

と、明子は肯いた。「でもどうしてまた……？」

「我慢できなくなったのよ」

雅代は、タバコを一本出すと火を点けて、ゆっくりとふかし始めた。

「ご主人に、ですか？」

「そう。人間、辛抱にも限度ってもんがあるわ」

まあ、湯川雅代の言葉そのものは分らぬでもない。しかし、結婚してわずか二週間しかたっていないとなると、話は別である。

「一体何があったんですの？」

雅代がジロリと明子を見た。

「そんなこと聞いてどうするの！　もしかしてあんたじゃないの？」

「何がですか？」

「主人の愛人よ。決ってるじゃないの」

「と、とんでもない！」

と、明子はあわてて言った。「私、ご主人にはお目にかかったこともないんですよ！」

「フーン、そうなの」

と、雅代は言った。「まあ、そうね。あの人の好みじゃないな。あの人は顔にこだわるから」

こりゃ凄い、と明子は内心、舌を巻いた。雅代だって、明子の目には、「顔にこだわる」男が気に入るタイプとは思えなかったのである。

しかし、そんな風に愛人を作っているとなると、この亭主が、あの茂木こず枝の恋人だったという可能性もある。

「でも、ご主人、あなたみたいにきれいな方がいて、どうして愛人なんか作るんでしょうね」

嘘（うそ）をつくのは嫌いだが、ここはあえて無理をしてみた。

「そう！　そうなのよ！」

雅代はぐっと身を乗り出して来る。明子はあわてて、のけぞった。

「あなた、話分るじゃないの！　一杯やろうよ！」

「はあ……」

明子が呆気に取られている内に、雅代は、ウイスキーのボトルとグラスを二つ持って来た。

「いけるんでしょ、あんた？」

「多少は」

「じゃ、一つ、ストレートで行こう！　男なんかに、こんな高いウイスキー飲ませてなるもんか！」

雅代は威勢がいい。仕方なく、明子はグラスに口をつけた。

雅代の方は、アッという間にグラスを空にしてしまう。

「ご主人、結婚前からそうだったんでしょうか？」

「そうだった、って？」

「つまり――女遊びが派手とか」

「そりゃね。独身の頃はソープランドにも行くし、金がないときは、適当につまみ食いもしてたみたいね」

「じゃあ……。でも、良かったですね」

「本当」

と肯いて、「——何が？」

「よく、あるんですよ。式場に昔の恋人が押しかけて来るとか。あんまり、体裁のいいもんじゃありませんものね」

「そんなことなら大丈夫！」

と雅代は笑って、「あの人は、そりゃあ狡いからね。絶対に恨まれるような別れ方はしない人よ。何だか、哀れっぽく芝居をするの」

「芝居？」

「そう。その手で、私もコロッと騙されたのよね」

と、雅代は首を振った。「ああ！　一生の不覚よ！」

あっちもそう思ってるかも、と明子は思った。

「で、結婚後も、ご主人と、その恋人の間が切れてない、というわけなんですね？」

「さあね。ともかく、今、恋人がいるのは確かなの。——人を馬鹿にしてるじゃない？　出てってやるわ、こんな家！」

もう一杯、と、雅代はグラスを満たして、

「あんたは？　もういいの？——遠慮しなくていいのよ」

「いえ、本当にもう。——大して強くないんですもの」

「そう。そりゃいいことよ。お酒なんて、百害あって一利なしよ」

ちょっと違ってるんじゃないかと思ったが、あえて追求はしないことにした。

——その後は、雅代の一人舞台。

ぐんぐんとウイスキーをあおり、その傍で、二人の結婚までのいきさつを、身振り手振りで熱演した。

特に彼が酔った彼女をホテルへ誘い込み（逆じゃないかしら、と明子は思った）、ベッドへ連れ込むシーンは、リアルで、明子に抱きつこうとしたので、明子はあわてて逃れた。

「——どうなってんの？」

明子は、フウッと息をついた。

ついに、熱演一時間、雅代は、カーペットに大の字になって、グーグーいびきをかきつつ、眠ってしまった。

これ以上いても仕方ない。

「帰ろうか」

と、玄関へ来ると、ヒョイとドアが開いて、

「ただいま」

と、入って来た男……。

「あの——失礼しております」

と、明子はキョトンとした顔の、その男へ事情を説明した。

「そりゃご苦労様。雅代はいませんでしたか？」

「いえ、そちらに」

「そうですか」

と上がって、「――何だ、また酔って寝ちゃったのか」

と頭をかいた。

明子は、首をひねった。――この、頭の薄くなった中年男が、若い愛人を？

「あの、ご主人でいらっしゃいますね」

と、明子はつい念を押していた。

「うちのが、家出すると言ったんでしょう。――いや、びっくりさせてすみません。何しろこれの口ぐせなんですよ」

「はあ……」

「毎日、帰って来ると、トランクが置いてあって。なに、中は空なんですよ。出て行く気なんかないんですよ」

「そうなんですか」

「お騒がせしましたね」

「何だか――あの――ご主人に若い恋人がいて、と――」

「こいつの作り話ですよ」

と、湯川元治は言って、笑った。「大体、こんな年寄りが、若い子にもてるはずがないでしょう」

「はあ」

明子は、

「では失礼します」

と、玄関へ降りようとして、「あの、すみません」

「何か？」

「もしかして、茂木こず枝という人をご存知ありませんか？」

「茂木？」

「いえ、それならいいんです。――私の友だちで、こちらと同じ名の方を知ってると言ってましたので……」

と湯川は首をかしげて、「さて、知りませんね。どういう人です？」

「じゃ他の人のことでしょう」

「そうですね。――お邪魔しました」

表に出て、明子は、息をついた。

探偵ってのも疲れるわね。

あの湯川という亭主は、至って感じがいい。しかし、あまりに愛想が良すぎるというきらいもあった。

ああいう笑顔は、いわば営業用である。

ちょっと本心の分らない男だ、と明子は思った。

もっとも、茂木こず枝の名前に、全く反応しなかったのは、おそらく本当に知らないのだろう。

でなければ、突然言われて、ああはとぼけられないに違いない。

「一人は済んだ、か」

と、明子は伸びをした。

次は明日にしよう、っと。――お腹も空いたしね。

名探偵は、かくて、目に入った食堂へ向かって、突き進んで行ったのである……。

「ええと二人目がね、白石(しらいし)っていう夫婦なのよ」

と明子は、メモを見ながら言った。

「ふーん」

と、尾形がハンバーガーをかじりながら肯く。

「こら！　真面目に聞け！」

と、明子がにらんだ。

「聞いてるよ」

と、尾形はあわててハンバーガーを飲み込んで、

「それにしても、君は学生、僕は講師だぜ。どうして僕が怒鳴られるんだい？」

「ブツブツ文句言わないの」

「はいはい」

尾形は肩をすくめた。

大学に近い、ハンバーガーのチェーン店の二階席。

昼前なので空いている。

「ねえ、白石ってのも面白い夫婦だったわよ、これが」

「どんな風に？」

「何しろね、夫が十九歳、妻が十七歳と来てるの」

「何だって？」

尾形は目を丸くした。「子供同士じゃないか」

「まるっきり、おままごとなの。『ねえ、あなた』『何だい』とか言っちゃって」

呆れたね、何やってんだい、その二人？」

「学生よ」

「収入は？」

「親の仕送り」

「へえ、優雅だね」

「五千万円也のマンション住い。もちろん親のお金。二人とも親は社長なの」

「気に食わないね。そいつがきっと、犯人だ」

「まさか！　十九歳よ！」

「どうしてそんなのが候補に残ってたんだい？」

「ただね、この夫——十九歳ね。この子が、死んだ茂木こず枝のいた会社でバイトしたことがあるのよ」

「へえ」

「もっとも、たった三日で『仕事が辛い』って辞めちゃったそうだけど」

「荷物運びか何かやったのかな」

「本を、整理したらしいの。そしたら、手が汚れて、堪えられない、って……」

「神よ」

と尾形は天井を仰いだ。「それが大学生かと思うと、たまらんね」

「まさかとは思うけど、一応、チェックしてみないとね。——でも、もし茂木こず枝が、年下の美少年好みなら、可能性はあるわ。ともかく、可愛い子なの」

「おい、まさか君まで……」

と、尾形が身を乗り出す。

「やめてよ。あんな、なよなよしたの、大嫌い」

と、明子は、尾形の鼻を指で弾いた。

「いてて！」

「三番目はね、また凄いの。久野(ひさの)って家なんだけどね」

「またお子様ランチ？」

「ううん。夫は二十八歳。妻、二十四歳」

「バランスは取れてる」

「ところが、さにあらず。──奥さん、もう死にそうなの」

「死にそう？」

夫の母親が一緒なのよ。これが凄い人でね。お嫁さんを、こき使うのよ」

「へえ」

「夫は徹底したマザコンで、『ママ』だものね。聞いててゾッとしたわ」

「今はよくいるらしいじゃないか」

「でも、本当に出くわしたの初めてだもの。びっくりしたわ。──ともかく母親と夫はいい身なりなのに、お嫁さん一人、まるで、大正時代の古着って感じなの」

「やれやれ。よく我慢してるじゃないか」

「ねえ。そういう意味では、珍しい女性よ。文句一つ言わずに働いて」

「しかし、危険だな。その内、爆発するかもしれない」

「そう思ったわ、私も。——あの男にだって女の一人や二人いたと思うの。そういうことに罪悪感を覚えるタイプじゃないのよ。きっと母親の教育のせいね」

「どこに勤めてるんだい？」

「それが、外務省のエリートなの」

尾形はため息をついて、紙コップのコーヒーをガブリと飲んだ。

「日本の行く末は闇だな」

「それはともかく、あともう一組よ」

「今度はどんな怪物なのか、楽しみだな」

「お化屋敷ね」

と、明子は笑ったが、ふっと真顔になって、「でも——本当にね」

と呟くように言った。

「何だい？」

「結婚なんて、やんなっちゃうわ、あんなの見てると」

「おいおい——」

と、明子は笑って、「まだいい方よ。子供ができたから結婚してくれって言われて青くなるよりね」

「人をからかうな」

と、尾形は苦笑した。「でもね、充分に気をつけてくれよ。その四番目が、問題の男かもしれないからな」

「分ってるわよ」

明子は、自分のハンバーガーに勢いよくかみついた。

「――じゃあね」

明子は、大学へ行く尾形と別れ、駅の方へ歩き出した。

最後の一組は、佐田（さだ）という名だった。

「これはまともでありますように」

と明子は、祈るように言った。

8　理想的結婚

「わざわざご苦労様です」

と、お茶を出してくれたのは、正に「新妻」という言葉がぴったり来る、初々しい女性だった。

「奥様は千春(ちはる)さんとおっしゃるんですね」

と、明子も気分が良くなって、「すてきなお名前ですね」

「そうですか?」

「千の春が本当にあるみたい。この家、とっても明るくて、すてきだわ」

「まあ、お世辞の上手な方ね」

と千春は笑った。

佐田房夫(ふさお)、二十三歳。千春、二十二歳。——若いな、と思って来てみたが、部屋の中は、少しもぜいたくをしていない。

二人だけの力で、堅実にやるのだという思いが、部屋を快くさせているようだった。

「ご主人は、お勤めなんですか」

明子は訊いた。

「ええ。でもエリートとは程遠いので、五時には退社してしまいます。出世は諦めているもので」

「その方が気が楽じゃありません?」

「ええ、本当に」

と、千春は肯いた。

プリント柄のエプロンが、とても良く似合う。小柄だが、パッと目につく、明るさがあった。

「職場結婚なんですか?」

「いいえ。私たち幼なじみなんです」

「じゃ、お生まれが――」

「ええ。二人とも、九州の方で。赤ん坊のころから、一緒に遊んだ仲でした」

「まあ。お幸せですね。それで、今はこうして――」

「でも、親の転勤で、私たち、小学校の頃、東京と九州に、離れてしまったんです。

――それが、私が高校を出て上京して来たとき、ひょっこり東京駅で、彼に会って

……」

「東京駅で偶然に?」

と、明子は目を丸くした。「嘘みたいな話ですね!」

「それが本当なんですもの。面白いもんですね」

「ご主人は何の用で？」

「会社の用で、偉い人を送りに来ていたんです。で、私がホームを歩いていると『佐田君、社へ戻ろうか』という声がして。佐田っていう名が耳に入って、ハッとしたんです」

「そしたら本当に……」

「ええ。向うも何となくこっちを見ていて――。何年ぶりだったのかしら。もう七、八年は会ってなかったんですけど、すぐに分りました」

「感動的ですね！」

明子は、心底感激していた。

「そのとき、もう二人とも結婚の決心をしたんです。――運命なんて言うと、笑われそうだけど」

「いいえ、それはきっと本当に運命ですよ」

「四年間、一生懸命、働いて、お金を貯めて。やっと式にこぎつけたんです。どっちの家も不景気なので」

「その間に、一緒に暮らすとか――」

「いいえ」

と、千春は首を振った。「あの人がそんなことはいけない、と言って。――辛かったけど、それだけのことはありました。もし、赤ちゃんでもできて、仕方なしに結婚なんてことになったら、こんな風に楽しい新婚生活じゃなかったでしょう」

へえ。――こんな人がまだいたのね。

明子は、まるで違う時代――『野菊の如き君なりき』とか、『二十四の瞳』といった時代に紛れ込んでしまったような気がしていた……。

玄関のドアが開いた。

「ただいま。――お客さん？」

「結婚式場の方。一万円、多くいただいたからって返しにみえたの」

「そりゃあご丁寧に。――一万円あれば、大いに助かります」

「いいえ」

と明子は照れて頭を下げた。

いかにも若々しい青年である。真面目そうだ。

「お酒なんかは？」

と、明子は訊いた。

「付き合いでは少し。でも、好きじゃないですね。どっちかというと甘党で」

「この人、外に出ると、私にチョコレートパフェなんか注文させて、自分で食べてるんですよ」

「おい、ばらすなよ！」

と、佐田は笑いながら言った。

いい雰囲気だなあ、と明子は思った。

あの「お子様夫婦」のマンションに比べれば、犬小屋並の小さなアパートだが、どんなにか、こっちの方が居心地がいいか。

「そうだ。よろしかったら、夕食を一緒に。いかがです？」

と言われて、ついその気になってしまったのも、そのせいでだろう。

しかし、明子は、後悔することになった。

まず千春の料理の腕に舌を巻き、二人の愉しげな様子に当てられっ放し。

結局、「のけ者」であることを思い知らされて、早々に退去することになった。

外へ出て、

「ああ熱い」

と、息をついたのは、別にやっかみではない。

狭い部屋なので、本当に三人でいると暑いのだ。――やっぱりあそこは二人にちょうど良くできているのだ。

もう夜になっている。

駅への道を急いでいると、足音が追いかけて来た。

「永戸さん!」

振り返ると、佐田がサンダルで走って来る。

「あら、何でしょう?」

「これ、忘れましたよ」

と、佐田が出したのは、一万円の領収書だった。

「まあ、すみません、わざわざ」

どうせでっち上げなのだ。気がひけて、

「すみませんね」

と、くり返した。

「いいえ。駅の道、分りますか?」

「はい。――早く奥様の所へ帰ってあげて下さい」

「では、ここで」

と、佐田が頭を下げて行きかける。

そのとき――何となく、つい口を開いていたのだ。

「佐田さん」

「何ですか?」

「あの——茂木こず枝って人をご存知ですか?」

明子の方がびっくりした。佐田が、突然顔を別人のようにこわばらせて、青ざめたのである。

「いや——知りません! そんな人なんか、聞いたこともない!」

と、口走ると、佐田は、駆けて行ってしまう。

——明子は、しばし、その場に立ちつくしていた。

知っているのだ。

佐田はあの女を知っている。——どんな知り合いかはともかく……。

明子は、気が重かった。

あのすばらしい家庭に、自分が、不幸の種をまいたのでなければいいけれど……。

家に帰ると、母が夕食の支度をして待っていた。

「食欲がないの」

「具合でも悪いの?」

と、啓子が訊いた。

「食べて来たのよ」

「そうなの。でも少しは食べなさい」

「でも——」

「いいから。一杯でも。ね？」

「分ったわ」

食卓についたとたん、電話が鳴り出した。

啓子が出たが、すぐに、

「明子、電話よ」

と呼んだ。「志水さんですって」

9 密会

「やあ、向う見ずのお嬢さん」

志水の声が聞こえて来ると、明子は何となく気分が軽くなったような気がした。

「どうも」

「いや、このところ忙しくてね。検死官が忙しいというのは、あまり結構なことではないが」

「そうですね」

「何か分りましたか。いや、気になってはいたんですよ。どうもあなたは、一人で危いことをやりかねない人ですからな」

なかなかよく見ている。

「一応、四組の夫婦に当ってきたんですけど……」

「それらしいのはいましたか?」

明子は一瞬ためらってから、

「いいえ、はっきりとは」

と、言った。

「すると多少は手応えが?」

「ええ。でも、はっきりしないんです」

「なるほど。で、どうしますか」

「もう少し調べてみたいんですけど」

「危いことはだめですよ」

「充分に用心します」

「用心しても、やられるから事件は絶えないんです。──分ってますね」

「ええ。でも、まだお知らせできるほどのことじゃないんです。少しでもはっきりした事実をつかんだら、必ずご相談しますから──」

「分りました」

と、志水は、苦笑しているようで、「ではもう少し当ってみて下さい。あなたを信じましょう」

「ありがとう!」

と明子は言った。「また電話をかけますから」

「そうして下さい。──いいですね。くれぐれも、無理をしないで。あなたの検死をやるはめにはなりたくないですからね」

明子はぐっと胸を突かれる思いがした。なかなか厳しいことを言うな、あのおじさん！

食卓へ戻ると、

「何の電話？」

と母の啓子が、不思議そうに、訊いた。「用心するとか報告がどうとか――」

「化学実験のことなのよ」

「危いのかい？」

「火薬を使うの」

「へえ！　そんなことやらせるの？　大学の学長さんに抗議に行こうかね」

と言ってから、啓子は、「でも、お前、今は停学になってたんじゃない？」

と訊いた。

母親を何とかごまかして、明子は、軽くお茶漬をかっ込んだ。

佐田夫婦の所で夕食を取って来たくせに、ちゃんと二杯食べているのだ。若さというものである。

さすがに少々食べ過ぎたのか、気分が悪くなり、風呂へ入ると、今度はのぼせてしまった。

こんなときは寝るに限る！

明子は、さっさとベッドに潜り込んだ。

もっとも、いつだって、明子のモットーは、

「寝るに限る！」

なのである。

ただし、この「寝る」には、男性と一緒にという意味は含まれていない……。

ともあれ、早く寝て、たっぷり眠ったおかげで、翌朝の明子の目覚めは、爽快であった！

昼の新宿は、これが平日かと思うような、人、また人。

一体この人たち、何やって暮らしてんだろう？

自分のことは棚に上げて、明子は感心していた。もっとも、大学生でも、停学処分中の学生がそんなに多いわけはないから、ここを一人で、あるいはアベックでぶらついているのは、サボリ組であろう。

恋人の尾形が見れば嘆くに違いない。若いとはいえ尾形は教える立場の講師なのだから……。

さて、明子も、別に遊びに来ているわけではなかった。

佐田の妻、千春を尾行していると、ここへ来てしまったのである。

千春を尾行するというのは、何とも気の重い仕事だった。

あんなにいい人なのに……。

しかし、夫の佐田房夫が、「茂木こず枝」の名に、あんなに激しく動揺を見せた以上は、放っておくわけにいかない。

といって、佐田はもう明子に警戒心を抱いているだろうから、容易には近づけないはずだ。

そこで、まず妻の方から迫ってみようと考えたわけである。

給料でも出たのだろうか。千春はデパートに行くと、いくつか特売場を回った。

デパートの人ごみは、尾行するのは楽ではないが、姿を隠すには便利である。

千春が、割合に目立つオレンジの服を着ていたので、明子も容易について行くことができた。

千春は、下着を何点か買っただけで、昼になったので食堂に入った。

これはチャンスである。

食堂は、何といっても平日で、それにまだ十二時に少し間があったせいか、そう混んでいない。

千春は奥の席についた。

明子は頃合を見はからって、食堂へ入って行った。

「どこにしようかな」

と呟きつつ（リアルにやるのだ！）、ぶらぶら歩いて、千春の席の斜め前の席に座った。

ここはもちろん相手が気付くまで待っているところである。

オーダーを取りに来たので、わざと少し大きな声で、

「このランチにしてくれる?」

と頼んだ。

昨日の今日である。声に少しは聞き憶えがあるはずだ。

明子の狙いは当った。千春がこっちを見ている様子。

明子も何気なく顔をめぐらして、二人の視線が合う。

「——あら」

「やっぱり昨日の!」

と千春が楽しそうに言った。「びっくりしましたわ」

「本当ですね。お買物?」

当り前だろう。

「ええ。あなたは、お休みなんですか?」

「そうなんです。たまにはデパートでも見て歩こうと思って」

「いいわね、気ままな独身で」

と千春は言った。「よかったら、こちらへ移りません?」

「いいかしら」

「ええ。一人で食べてもおいしくないわ。——さあ、どうぞ」

正に狙い通りである。

「——たまに家にいるのがいやになると、こうして出て来るんです」

と、ランチを食べながら千春は言った。

「奥さんでも、おうちがいやになるなんてことあるんですか?」

と明子は訊いた。

「そりゃあ——」

「だって、もう、楽しくて仕方ないみたいに見えましたけど」

「苦労はありますよ。だって貧乏ですもの、うちは」

千春は、傍の買物袋を手で叩いて、「いつもね、今日はワンピースを買ってやろう、セーターも、スカートも、たまにはそれくらい、いいじゃないの、って思って出て来るんですけどね」

「で、結局——?」

「主人のパンツとシャツ」

と言って千春は笑った。

「たまにはご自分のものを買った方が——」

「ええ。今日はそのつもりで来ましたの」

と千春は言って、「でも、早くしないと」

「ご主人が帰るの、夕方なんでしょう？」

「ええ」

と千春は肯いた。「でも、私、セーター一枚買う決心するまでに、二、三時間はかかるんですもの」

「凄い」

「あなたは？」

「私、割合に突進型なんです。これ！　と決めたら、他のを見ずに買っちゃって、そのまま帰るんです」

「まあ」

「だって、見て歩いて、もっといいのがあるとシャクでしょ。だから見ないで帰るの」

千春は笑った。

「面白い方ね。――お名前、何ておっしゃったかしら。永戸さんでしたね」

「そうです。よく『水戸』って間違えられます」

「黄門様ね」

「それも良く言われます。似てるんですって」

「あなたが？」

「笑い方が豪快で、そっくりだって。いやですね、本当に」

千春は愉しげに笑った。――本当に愉しそうだった。

ふと、明子は、この人は、見かけよりずっと寂しいのかもしれない、と思った。でなければ、ろくに知りもしない相手に、こうも楽しげに語りかけたりするだろうか……。

「――あら、もうこんな時間」

と、千春は腕時計を見て、びっくりしたように言った。「ごめんなさい、すっかり時間を取らせて」

「いいえ、とんでもない」

と、明子は言った。「良かったら、ご一緒に買物して歩きません？」

だが、なぜか、千春の顔に、急にかげが射した。

「遠慮しますわ」

と千春は笑顔に戻って、「こんな物買うのかと思われるのも恥ずかしいし」

「そんなこと――」

と言いかける明子を、遮るように、

「とても楽しかったわ。ありがとう。──またいつか会えるといいですね」

と、千春は立ち上った。

「じゃ、私、これで」

千春は、自分の分の代金をテーブルに置くと、急ぎ足で去った。

──おかしい。

何かありそうだ。明子が、すぐに立って、後を追ったのは当然のことである。

男が声をかける。

「──お姉さん、遊んでかない？」

明子はもちろん相手にしない。もし相手にしていたら、向うが声をかけたことを後悔するだろう。

裏通り。──ポルノショップやら、今はやりの「覗き部屋」だのが、ひしめき合った通りである。

明子は、わけがわからなかった。

千春の後をつけて来たら、こんな所へ来てしまったのだ。

──もちろん、まだ昼間だが、こんな時間にも、結構、こんな所をぶらついている男はいる。

よっぽどヒマなのね、と明子は思った。

それはともかく、女である千春が、どうしてこんな所へ来ているんだろう？

千春の足取りは、別にブラついているというのではなく、はっきりどこかへ向かっていた。

——どこへ？

明子は、千春が、店の前を掃除している男へ、

「こんにちは」

と挨拶するのを見た。

「遅いよ」

と男が文句を言う。「今日は結構入りそうだからね」

「はい。すみません」

千春が、狭い入口を入って行く。〈のぞき部屋・個室〉と、ピンクの看板が出ている。

明子は目を疑った。

しかし、今入って行ったのは、間違いなく、佐田千春である。

こんな所で、働いているとは！

「——何か用？」

と、男が声をかけて来た。

「え?」

「ここで働きたいの?」

男は明子を頭の天辺から足下まで、眺めて、「ウーン、少し骨っぽいけど、結構悪くないね」

と言った。

「どうも」

「裸になるの平気?」

「お風呂に入るときならね」

男は笑った。

「面白いね、君。どうだい金になるよ」

「ここは――何時間ぐらい仕事すれば、いいんですか?」

「人によるさ。色々事情があるからね。――今、入ってった若い女いるだろ?」

「ええ」

「あれは亭主持ちなんだ。だから、一時から夕方四時まで。時間が悪いから、あんまり稼ぎにならないね。しかし、どこかでパートなんかするよりも、よっぽど手っ取り早いよ」

何だか、明子は侘（わび）しくなった。

「——ねえ、君は大学生？　女子大生ってのは人気あるんだよ」

男の手が、明子のお尻を撫（な）でた。——とたんに、男はクルリと一回転して、道に尻もちをついていた。

「——お邪魔しました」

明子はさっさと歩いて行った。——男の方は、お尻が痛いのも忘れ、ポカンとして明子を見送っていた……。

10 尾行

「女って哀れだわ」

と、明子は言った。「もう一杯」

「大丈夫かい？」

と、尾形が言った。「もうやめといたらどう？」

「平気よ。飲ませてよ、ミルクぐらい」

「うん……」

尾形のアパートである。

あまりアルコールに強くない尾形なので、冷蔵庫にはビールもない。

尾形は、紙パックの牛乳を出して来て、コップに注いだ。

明子はぐっとコップをあけて、ゲップをした。

「——ああ、お腹一杯になっちゃった」

「当り前だよ」

尾形は苦笑した。「しかし、その奥さん、どうしてそんなアルバイトをやってるんだろう？」

「決ってるじゃないの。夫が悪いのよ」

「どうして？」

「女は常にしいたげられてるんだから」

「理屈にならないよ」

「いいのよ、そんなこと」

明子は、ゴロリと横になった。「ショックだったわ」

「でもさ、もし家計の足しにするぐらいだったら、そんなことまでする必要はないだろう」

「そうね」

「つまり、きっと他に金の必要なことがあるんだよ」

「どういうこと？」

「その出費を夫に話せない。といって、へそくりや、多少のやりくりで出せる金額ではない。そこで、仕方なく、手っ取り早い、その手のバイトに——」

「どこへ金を出してるのかしら？」

と明子は言った。「でも、まさか彼女に直接訊いてみるってわけにもいかないしね……」

「帰りまでは待ってなかったのかい？」

「だって、あんな所でボケッと立ってられる?」

「それもそうだな」

「私も、あそこでバイトしようかな。そうすれば、彼女のことも分るかも……。何よ、おっかない顔して。冗談よ」

「当り前だ」

「じゃ、どう? あなた、お客になってあそこへ行くの。そして彼女を指名して、話を聞いて来る。——やってみる?」

「僕がその『のぞき部屋』に?」

「そうよ」

尾形は、エヘンと咳払いして、

「そう……。まあ、気は進まないけど、これも研究のため、君の頼みとあれば、仕方なく——」

「冗談よ」

と言って明子は大笑いした。

「何だ。つまらない」

「え?」

「いや、別に、——僕はお腹空いたから食事に出るよ。君は?」

「家で食べないと母がうるさいの。帰ることにするわ」

「じゃ、ついでに送ろう」

「ついでに食べて帰ろう、って言うのよ。そういうときにはね」

「あ、そうか。僕はこれだからもてないんだな、女子学生に」

「もててるじゃないの。この私に」

「まあね……」

尾形は少々複雑な顔で言った。


「遅くなっちゃった」

と、明子は呟きながら、足を早めた。

結局、尾形と夕食を一緒に取ってしまったのである。のんびりおしゃべりして来たら、もう九時を回っていた。

家への道は、割合と静かである。

よく痴漢が出るというので、明子も、もっと子供のころには、母親と一緒でないと、夜は出られなかったものだ。

しかし、今は、家がズラリと立ち並んでいるので、そんなこともなくなった。

車が一台停っている。

明子は、そのわきをすり抜けて、先を急いだ。——二十メートルほど行ったとき、ブルルとエンジンのかかる音がした。

ライトが、明子を照らす。明子は振り向いた。

車が一気に加速して迫って来る。

危険を感じるのと、駆け出すのが、同時だった。

道幅が狭いから、左右へ逃げるわけにいかない。車は、ぐんぐんと追い上げて来た。

どうしようか、などと考えている余裕はなかった。正に、体の方が、勝手に動いた、という感じだった。

塀から、道へ突き出した、枝ぶりのいい木。明子はその太い枝へ向かって、一気にジャンプした。

両手がうまく引っかかる。両足を大きく振った。体が持ち上がったと同時に、車が、枝の下を駆け抜けた。

そのまま、赤いテールランプが遠ざかって行く。

明子は、道へ、飛び降りた。

「何よ、あれ……」

明子は呟いた。息を切らしていた。

いくら元気な明子でも、こう急に走ったのでは、息が切れる。

あの車。——はっきりと、彼女を狙っていた。

はねるつもりで、突っ込んで来たのだ。

なぜ？　今度の事件と関係があるのだろうか？

ない、と考える方が不自然だろう。

誰かが、私を殺そうとした。——明子はもう、何も見えなくなった、暗い道の先を見つめていた。


佐田千春は、毎日、あの店へ通っているわけではないようだった。

あの次の日には家にいて、ごく当り前の生活をしていた。

しかし、その翌日には、また新宿へと出かけて行ったのである。

雨の日だった。

明子は、尾行も楽じゃない、とため息をついた。

傘をさして、雨の中、あの〈のぞき部屋〉から、千春がいつ出て来るかと、待っていなくてはならないのだ。

天気が良くて、気候も良きゃ、見張ってるのも悪くないけどね、と明子は調子のいいことを考えていた。

千春はこの日は十二時過ぎに店へ入って行った。

少し早い。帰りを急ぐのだろうか？

一時間たったころ、このごみごみした裏通りへ、少々不似合いな外車が入って来た。

「金持の道楽かしら」

と、呟いて眺めていると、その車、例の〈のぞき部屋〉の前で停ったのである。

運転手がドアを開けると、出て来たのは、初老のパリッとした身なりの男。

それが、堂々と、そこへ入って行く。

どうなってんの？　明子は首をかしげた。

そして、五分としない内に、その紳士は出て来た。その後から一人の女――千春が出て来たのだ！

見ていると、千春は、外車に乗り込んだ。

車が、ゆっくりとバックして来た。

この先が通行止になっているのだ。明子はあわてて身を隠した。

外車は、広い通りへと入って行こうとしていた。

明子は走り出した。雨の中、いやだったが、そうも言っていられない。

通りへ出ると、タクシーを停める。あの外車は、図体が大きいせいか、まだ流れに入れずにいる。

「あの大きな外車をつけて」

と、明子は言った。

「尾行？」

と運転手が訊いた。「厄介事じゃないだろうね」

「スターのゴシップなのよ。私、記者なの。いいでしょ、追いかけてよ」

「へえ、美人が乗ってるの？」

「絶世のね」

「よし来た！」

男なんて単純ね。――明子は、そっと舌を出した。

それにしても、あの男は何者だろう？　そして、千春は、どこへ行こうというのか。

車はゆっくりと走り始めた。タクシーの方も、ぴたりとその後についている。

雨の中での追跡が始まったのである。

11 大邸宅

雨の中での尾行、というのは、楽ではない。

といって、明子はタクシーに乗っているので大して困っていたわけではないが、運転手は必死だった。

赤信号で一息ついたとき、首を振りながら言った。

「いや、骨だな、畜生！」

「ごめんなさいね」

と、明子も珍しく殊勝なことを言っている、「少し割増で払うわ」

「そうしてくれなくちゃ合わねえよ」

と言ってから、運転手はニヤリと笑って、「と、言いたいところだが、結構だよ」

「あら、だって――」

「一度こういうスリルのある仕事をやってみたいと思ってたんだ」

「まあ、そうなの？」

「これで、どこまで食いついていけるか、面白いじゃないか。料金は規定通りでいいからね」

「悪いわね」

本当は、少し安くしてくれないか、と言いたかったのだが、さすがにやめておくことにした。

「また走り出したな。――どうも、住宅街へ入って行くぜ」

タクシーは、その外車について、やたら坂の多い、大邸宅の並ぶ道へと入って行った。

「凄い家ばっかりね」

と、明子は、ついつい、両側の家に目をとられながら言った。

「この辺はみんなそうさ。俺もあんまり入らないけどね」

「へえ。――あ、曲った」

外車は、わき道へ入って、ぐるっと回ると、大きな門構えの前に出た。

「停ったな。あそこへ入るらしいぜ」

「じゃ、私、ここで降りるわ。どうも、ご苦労さま」

「頑張れよ」

「ありがと」

明子は料金を払って、外へ出た。まだ雨はかなり降っている。

あの車は、門の前に停っていた。目につかないように、電柱の陰に立って見ていると、門扉が、ギリギリと音をたてながら、ゆっくりと開いた。

「電動なんだわ」

と、明子は呟いた。

待てよ。——電動ということは、人動（?）ではないということだ。

つまり、あの門を開け閉めするのに、人はいらないのである。

車が、静かに邸宅の中へと、滑り込んで行くと、明子は、雨に濡れるのも構わず、突っ走った。

車が入る。門が閉じる。——その間に、明子は、中へとうまく入り込んだのだ。

「どんなもんです」

と、いばっても、誰も賞めちゃくれないのだが。

門がピタリと後ろで閉った。

「あ——」

と、思った。

出られなくなっちゃった！　ま、いいや、何とかなるでしょ。

ここもまた、隣近所に劣らぬ大邸宅であった。いや、他と比べても、かなりの大邸宅だと言ってもいい。

車は、前庭を回って、玄関へつく。

明子は、すぐに近くの木の陰に隠れた。

何しろ、木だの植込みだのがあちこちにあるので、便利である。

あの初老の紳士に促されて、千春が車から降りる。玄関に姿を消すと、車は、ガレージへ入るのだろう、建物のわきへと回って行った。まあ、車はあまり犬小屋には入らないものである。

しかし――この家に比べたら、明子の家は（父親には悪いが）正に、「犬小屋」だった。

どっしりとした、洋館で、しかも古びているが、一向に汚れた感じがない。

「こんな家にお嫁に行きたいわね」

などと、明子は感心していた。

「――いけね！」

こんなことをしていられないのだ。

明子は、ともかく裏に回ってみることにした。――カサをさしている。

これが素人なのである。こっそり隠れて動き回ろうというのに、カサをさす者もあるまい。

しかも、明子のカサは、真っ赤で、スヌーピーのマンガ入りであった。

しかし、奇跡的に、見とがめられることもなく、建物の裏手へ出て来る。

ため息の出るような広い庭。サッカーができそうな——は、オーバーだが、軽い運動をやるには充分な広さであった。

「——言うことはないのか」

と、男の声がして、明子は、ハッと頭を低くした。

えい！　ひさしの下まで行きたいけど、そこまで行くと見付かっちゃう。

そこで、仕方なく、カサをさして、茂みの奥から顔を出してみたのだった。

明るい居間が、ガラス戸と、薄いレースのカーテンを通して見える。

千春が、両手を後ろへ組んで、立っていた。

その背後には、あの紳士が立っていて、しかし今の言葉は、別の所から出て来ていた。

「ありません」

と、千春が言った。

「こっちには何もかも、分っているんだからな」

「そうでしょうね」

と、千春は、小馬鹿にしたような言い方をした。

「お金をつかえば、できないことはないと思っているんだから」

「事実、その通りさ」

——男の声は、ソファの中から聞こえているのだった。

つまり、明子の方へ背を向けているソファに、誰かが座っているわけだ。

「私は調べた。——お前の亭主が、何もしないで、ただ家を出て、ぶらついて帰って来るだけだってことをな」

「今は不景気なのよ」

と千春は言い返す。

「女房に、あんなアルバイトをさせて平気でいるのが男なのか？」

「お父さんには分らないわ」

千春の言葉に、明子は仰天した。

お父さんだって？

千春が、この家の娘？——明子は、ただ呆然としていた。

「分っても分らなくても、事実は事実だ。違うか？」

千春は首をすくめた。

ソファの男が立ち上った。

こんな大邸宅の主じゃ、どんなにか立派な、堂々たる人物——かと思いきや、何だか見すぼらしい、小柄な老人である。

「旦那様」

と、あの初老の紳士が言った。

二人のイメージからすると、まるで逆であった。

「何だ」

「当の『のぞき部屋』の支配人に確かめてまいりました」

「何をだ？」

「千春様は、客と外へはお出にならなかったそうです」

「外へ？」

「はあ。つまり——その——」

と、言い渋っている。

「体までは売らなかったっていうことよ」

と、千春が言った。

——何だか別人みたいだわ、と明子は思った。

あの、新婚家庭で、ほのぼのとした新妻だった千春が、確かに、こうしてみると、
この大邸宅の居間に、うまく溶け込んでいるのである。

「体を売らなかった、だと」

父親の方は、せせら笑うように、

「男に裸を見せて金を取ってるんだ。どこが違うんだ？」

と言った。

「お父さんにとっては、同じかもしれないわね」

「おい、それはどういう意味だ」

「分るでしょ？」

　雰囲気が険悪になって来た。

「まあ、お二人とも、冷静になって下さい」

と、あの紳士が言葉を挟む。

「私は冷静よ」

「私も冷静だ」

　これじゃ、話が進まない。

　当人たちとしては深刻なのだろうが、明子は、申し訳ないと思いつつ、おかしくてたまらなかった。

「ともかく、佐田という男の所へ、お前を帰すわけにはいかん！」

と、父親が言う。

「私は法律的に、自由に夫を選べるのよ」

と、千春が言い返す。

「私はお前のために言っとるんだ」

「大きなお世話よ」

やれやれ、この分じゃ、当分終りそうにないな、と明子は思った。

「おい、大原（おおはら）」

と、父親があの紳士に声をかける。

「はあ」

「千春をどこかへ閉じこめておけ」

「しかし、旦那様——」

「早くしろ！」

「いやよ！　私、帰る！」

と、千春がドアの方へ歩き出す。

「怖いのか」

と、父親が言った。

千春が、ピタリと足を止めて、

「どういう意味なの？」

と、振り向いた。

「お前の亭主に会ってやる。そして、金をやるから別れろ、と話をする」

「馬鹿言わないで」

「本気だ」

千春は、じっと父親を見据えて、

「そんな話にあの人が乗ると、本気で思ってるの？」

「思っているとも」

「残念ながら、あの人は、そんな男じゃないわ」

「そう思うのか」

「私の夫よ」

「だからといって、どれくらい、分っているのかな？」

「お父さんよりは分っているつもりよ」

「それをためしてみようじゃないか。どうだ？」

なるほど、なかなか、説得力のある人物である。

金持になるだけの才覚のある人間なのだろう。

千春と父親は、長いことにらみ合っていたが、やがて千春は肩をすくめた。

「やりたければやりなさいよ」

「そうか。――よし。じゃ、今夜、彼をここへ招待することにしよう」

「好きにしたら」

千春は、居間を横切って、庭へ面したガラス戸の方へ歩いて来た。

いけない、と明子は思ったが、逃げるには遅すぎて——。

千春が、明子を見て、アッと声を上げた。

「どうした？」

と、父親が振り向く。

「いえ。——何でもないわ」

と、千春は言った。「ちょっと、欠伸をしただけよ」

明子はホッと息をついた。

「そうか。大原、一緒に来てくれ。——お前は？」

「私、ここにいるわ。少し、一人になりたいの」

「まあ、好きにしなさい」

男二人で、居間を出て行くと、千春は、ちょっとの間様子をうかがってから、ガラス戸を開けた。

「入って！　早く！」

明子はためらったが、どうせ見付かっちゃったのだ。ここは一つ、「ご招待」を受けることにしよう。

「——すみません、こんな所から」

「いいから、早く入って！——カサを貸して。そのソファの下へ——」

千春は、ちょっとドアの方へ向いて、「たぶん、あれでしばらくは戻って来ないと思うわ」

「そうですか」

と明子は言った。

どう言っていいものやら、分らないのである。

まさか、

「今日は、お元気ですか？　私も元気です」

なんて、英語の初歩みたいなことは言えない。

「びっくりしたわ」

千春は言った。

「お互い様でしょ」

「それもそうね」

と、千春は、笑った。「でも、どうしてここへ？」

答えないわけにはいかない。

明子は、仕方なく、この一件に関り合いになるきっかけから喋（しゃべ）り始めた。

12 賭け

「――そうだったの」

と、千春は肯いた。

「ごめんなさい」

と、明子は、まず、アッサリと謝ってしまった。

「いいえ、いいのよ」

と、千春は言った。「だって、あなたとしては当り前のことをしてるだけですものね」

「そう言われると……」

「その、茂木こず枝さんって人を、主人が知っている、っていうわけね」

「どうもそうらしくて……」

「でも、あの人、そんな風に、女性を振ったりする人じゃないのよ」

「はあ……」

「つまり、いつも振られてばっかりいる人だから」

明子は、何だかおかしくて笑い出してしまった。

「――でも、どうしてあんな作り話をしたんですか？」

と、明子は訊いた。

「だって、まさか、私は大金持の娘で、この人との結婚に反対されたので、家を出て一緒になったの、とは言い辛いでしょう」

「それもそうですね」

「割合と、ドラマチックな話が好きなんで、あの筋書をでっち上げたの」

千春は愉快そうに、「でも、みんな結構信じてるみたい」

「名演技ですもの」

と明子は言った。

「ありがとう。――でも、いいところへ来てくれたわ」

「いいところ？」

明子の判断では「いいところ」どころか、最悪のときにやって来たような気がしていた。

「一つ頼まれてちょうだい」

「いいですよ」

「家へ行って、主人と会って」

「ご主人と？」

「そう」

「で、どうするんです？」

「父の企みを話してやって」

「つまり、招かれても、ここへは来るな、と？」

「いいえ、来ないわけにはいかないわよ。それに、あの人、きっと来るわ」

「それじゃ――」

「父の出す条件は裏があるから、決して承知するな、と言ってちょうだい」

明子には、ちょっと妙な気がした。

夫を信じていたら、何も、そんなことをいちいち言う必要はない。

「どうして、そんなことを、っていう顔つきね」

目ざとく、明子の表情に気付いて、

「でも、人間、貧乏しているときに、お金をつまれたら、ついフラッとなるもんじゃない？」

私なんか、貧乏してなくても、フラッとなるわ、と明子は思った。

しかし、千春の言葉は、どこかごまかしているように聞こえた。――何か、あるのだ。

「でも、どうやってご主人の所へ行くんですか？」

と明子は言った。

「ここから車で行って」

「車で？」

「そう。父に言って、車を出させるから」

「そこまでしていただかなくても」

「いえ、主人を迎えに行かせるの」

「あ、そう」

と、明子は肯いた。

「そのトランクに隠れて行けばいいわ」

なるほど、トランクに隠れるか。

これはなかなか、探偵という雰囲気が出ている。

「やりましょう！　車、どこかしら？」

「案内するわ」

と、千春が立ち上った。

しかし、ことは千春の言うほど、楽ではなかった。

ガレージまではスンナリ行けた。トランクにも入りこめた。

しかし――当然のことだが、トランクは人間向きには、出来ていない。

ソファもなく、クッションもない。しかも、大きな外車とはいえ、やはり窮屈である。

走ったのは、せいぜい一時間だったろうが、明子には丸一日とも思えた。

車が停り、ドアがバタンと音を立てる。

運転手が降りて行ったらしい。

明子は、やっと、トランクから出ることができた。

もう雨は上っていた。

「ああ……痛い」

どこが、という段階ではない。体中が痛いのである。

やっと腰を伸ばして、周囲を見回すと、佐田と千春のアパートの近くだと分った。

そこへ――佐田が歩いて来るのが目に入ったのである。

何だか、ポカンとして、元気がない。半分眠りながら歩いている、という感じなのである。

「佐田さん！」

と、明子が声をかけると、

「はあ……」

と、顔を向けて、「どちら様ですか？」

「永戸明子です」

しばらくぼんやりしていて、それからやっと分ったのか、

「ああ、どうも……」

と会釈した。

どうしちゃったんだろう？　この前のときとは別人のようだ。

「奥さんのことでお話が……」

「家内ですか。――千春は出て行きました」

「いえ、それが――」

「無理もありません。僕が働かないものだから――」

「それがね、実は――」

「愛想をつかしたんですよ。当り前のことです」

「ですから、そうじゃなくて――」

「もう帰って来ませんよ。僕も捜す気になれません。帰ってくれと頼むには、何の自信もありませんし」

「いいですか、奥さんは――」

「分ってるんです。アルバイトに何をしてたかも。やめてくれと言ったのに、あれは

好きでやってるんだからいいのよ、と」

「ねえ、佐田さん――」

「強がりを言って。僕も悪かったんです。ひっぱたいてでもやめさせておけば良かったのに」

「黙って聞け！」

と、明子は思い切り怒鳴った。

「すみません」

佐田が目をパチクリさせている。

「奥さん、実家にいるんですよ」

「そうですか」

「で、そこに迎えの車が来てます」

「あれですか？」

と、外車を指さし、「へえ。――ちょっと古い型だな」

などとやっている。

こりゃかなりおかしい。――こと、この夫のことに関しては、明子は、中松（なかまつ）の意見に賛成したくなった。

中松というのが、あの父親の名前で、つまりは千春の結婚前の姓なのである。

「聞いて下さいな」

と、明子が言いかけたとき、運転手がやって来た。

「佐田さんですね」

「はあ」

「お迎えに参りました」

「そうですか。わざわざどうも」

と、佐田は頭を下げた。

明子は、ため息をついた。——どうなってんの、この人？

「さあ、どうぞ」

と、運転手がドアを開ける。

佐田が乗り込み——続いて、明子も乗り込んでしまった。

「付き添いです」

と言うと、運転手はキョトンとしていたが、黙ってドアを閉めた。

車が走り出す。

「——心配だったでしょう」

と、明子は言った。「奥さんが見えなくなって」

「ええ」

「捜し回ってらしたんですか？　それで疲れて――」

「いや、駅前でパチンコをやってたんです」

「はあ……」

「なかなか出なくてね。――すっかりくたびれました」

明子は、ぶん殴ってやりたくなった。

この前のときとは百八十度のイメージ転換である。

「聞いて下さい」

と、明子は、運転手を気にしながら、低い声で囁いた。「奥さんのお父さんが、あなたにお金をやって、別れさせようとしてるんです。そんな手に乗らないように、って、奥さんから――」

明子は言葉を切った。

佐田はシートにもたれて、スヤスヤと眠っていたのだ。

自分の車なら、ドアを開けて、突き落としてやるのに、と明子は憤然として腕を組んだ。

13　塀の外

「何だい、えらくふくれてるな」

　と、尾形が言った。

「当り前でしょ」

　と、明子はぐいとやけ酒を――いや、やけコーヒー（?）をすすった。

　いくらやけでも、アルコールに溺れるには早過ぎる、お昼休み。大学の学生食堂である。

「どうしてそんなにカッカしてるんだい?」

「昨日、屈辱的な出来事があったのよ」

「へえ」

　明子は尾形をキッとにらんで、

「恋人がひどい目に遭ったっていうのに、『へえ』で終りなの?」

「だって、どんなことだか聞いてないよ」

　尾形は大体が、おっとりのんびり型である。

「――頼りない恋人ね。私が目の前で乱暴されてても、後の予定が詰ってないか考えてから、助けるかどうか決めるんでしょ」

「そんなことないよ」

と、尾形は言った。「助けを呼びに行くよ、すぐにね」

「その間に私は哀れ――」

「そんなことより、本当に起ったことの方を話してくれよ」

「あ、そうか」

明子は、佐田千春が中松という大金持の一人娘と分ったこと、夫の佐田房夫を迎えに行って、中松の屋敷へ戻ったことを、話した。

「へえ！　分らないもんだね、人間は」

と、尾形は首を振った。

「私もそう思ったわ」

と、明子は言った。「千春さんなんか、見かけは本当に地味で堅実な主婦なのに。――こっちがそのつもりで見ると、そう見えるものなのよね」

「それが人間の心理ってものだろうね」

と、尾形は肯いた。「それからどうしたの？」

明子は肩をすくめた。

「それだけ」

「それだけ？」

と、尾形は不思議そうに、「中松って屋敷に戻ってからはどうしたの？」

「入れてもらえなかったの」

「へえ」

「もちろん、素知らぬ顔して、入って行ったわよ。でも、例の、千春さんを迎えに来た男と、もう一人、運転手が私に襲いかかって――」

「な、何だって？」

現実の話となると、尾形の顔色も変る。「そ、それで大丈夫だったの？　どこかへ連れ込まれたとか――」

「連れ込まれりゃ良かったのよ」

と、明子は穏やかでないことを言いだした。「実際は、そのまま門から表へ放り出されたの」

「何だ。そうだったのか」

と、尾形は胸をなでおろした。「しかし、君を放り出すとは、相当な連中だね」

「油断しているところを、後ろからひねられちゃったのよ。あの運転手、柔道ができるんだわ、きっと」

明子は、いまいましそうに言った。「まともにやれば、負けないのに！」

「変なことにファイトを燃やすなよ」

と、尾形は苦笑した。「で、その後、佐田夫婦がどうなったのか、分らないんだね?」

「そうなの」

と、明子は肯いた。「しばらく、諦め切れなくて、塀の外をウロウロしてたんだけどね」

「結局は――」

「何も分らなかったの」

明子は、ランチのホットドッグにかみついて、口中に頬ばりながら、

「そういえわ……ムニャ……なぬかへんの人――」

「ちゃんと食べてからしゃべれよ」

明子はコーヒーで、ホットドッグを流し込むと、

「そう言えば、何か変な人に会ったのよ」

「どこで?」

「その塀の外を歩いていたときよ」

「どう変なんだい?」

「むだだよ」

といきなり声がして、明子は飛び上がりそうになった。

振り向くと、三十歳ぐらいか、ジャンパー姿の青年が立っている。

「何ですか?」

と明子は訊いた。

「むだだと言ったんだよ」

「何が?」

「この塀は越えられない。中には、猛犬が放してあるんだ、夜になるとね」

明子は、耳を澄ました。

なるほど、時々、庭のどこかで、犬の低い唸り声や鳴き声が聞こえている。

「あの……」

明子はその青年を見て、「あなたはどなた?」

と訊いた。

「僕はこの家の主なんだ」

青年は言った。

「え?」

と、明子が思わず訊き返す。

「あるじ。主人」

「分りますよ、それくらい」

と、明子はムッとして言った。「でも、それ、どういう意味ですか？」

「文字通りの意味だよ」

と、青年は肩をすくめて、「この家や土地、総ては、本来、僕のものなんだ」

「はあ」

「だから、主だって言ったんだ」

なるほど、と明子は思った。――こりゃ、少々おかしいのに違いない。

「でも、私、別にここへ忍び込むつもりじゃないんですけど」

と明子は言った。

「ああ、そう」

青年は大して気のない様子で「じゃ、何してるの、こんな所で？」

そう訊かれると困ってしまう。

「ええと……知ってる人が中にいるんですけど、それがどうなったか心配で」

と言った。

当らずさわらずの表現である。

「でも、塀の外を歩いてたって、中のことが分るわけじゃないだろう」

「それはまあ、そうだと思いますけど」

「じゃ、諦めた方がいいよ。足が疲れるだけ損だ」

「そうですね」

「お茶でも飲まない？」

いきなり話が変って、明子は調子が狂ってしまった。

「いえ、——別に——あの」

と、口ごもっている間に、相手の男は、

「じゃ、行こう。すぐそこに、いい味のコーヒー店があるよ」

明子は、わけの分らない内に、十分ほど歩いたコーヒーショップに入ることとなった。

——なるほど、店の構えはみすぼらしいが、コーヒーは旨かった。

これで、多少この青年を見直す気にもなった……。

「あなたは？」

と明子が訊くと、青年は首を振って、

「そういうときは自分から名乗ってくれなくちゃ」

と、うるさい。

「私は永戸明子」

「僕は中松進吾」

「中松……」

確かに、あの大邸宅と同じ名だが。「で、あなたは何をしてたんですか?」

「見回りさ」

「見回り?」

と、明子は眼をパチクリさせて、「ガードマンでもやってるんですか」

中松進吾と名乗ったその青年は、いたくプライドを傷つけられた様子で、

「自分の土地を視察してるんだ」

と言って、胸をそらした。

「あ、どうも失礼」

と明子は舌をペロリと出した。

中松が笑い出して、

「いや、面白い人だな」

と言った。「永戸明子さんだったかな」

「一度で憶える人って珍しいんですよ」

明子は、賞めたつもりで言った。

「知り合いが中にいるって?」

「ええ」

「何という人？」

「あそこの娘さんとか。――千春さんというんです」

とたんに、中松の顔がサッと青ざめた。明子はびっくりして、

「ど、どうかしました？」

と訊いた。

「今、千春といった？」

「ええ……」

「帰って来たのか！」

今度は、中松の顔は紅潮した。忙しい男だ。

「知ってるんですか」

「もちろん！」

「同じ中松というと――兄妹か何かで――」

「いや、僕と千春は婚約してるんだ」

今度こそ、明子は引っくり返りそうになった。

「婚約？」

「そう。――しかし色々な事情があって、僕らの仲は裂かれ、彼女は行方をくらまし

てしまった」

「それで?」

「彼女の心は変っていない。だからこそ帰って来たんだ!」

また明子は首をひねった。——この喜びようも、まともではない。

それに、「彼女の心は変っていない」どころか、ちゃんと彼女は結婚しているではないか!

「いや、きっと帰って来てくれると信じていたんだ! ずっと信じ続け、待ち続けたかいがあった」

「あの……」

「千春は元気だった?」

「ええ、まあ……」

「良かった! いや、実に嬉しい知らせだ。ありがとう」

「いえ、どういたしまして」

と明子は、曖昧な気分で言った。

千春がすでに結婚していることを、話すべきだろうか、と迷ったのである。

「いや、実に良かった!」

と中松は、浮かれているようで、「さあ、何でも好きなものを取って下さい!」

と言ったが、コーヒー専門店で、ステーキを頼むわけにもいかない。

二杯コーヒーを飲んで、その場は諦めることにしたのだが――。


「どうしたの？」

と、尾形が訊いた。

「呆れてものも言えないってのはこのことよ！」

「どうして？」

「その人、お金持ってなかったの。『や、忘れて来た』ですって。結局、こっちが払うはめになったのよ」

「そりゃ君は恨みに思うね」

明子は憤然として言った。

「当り前でしょ。何が大地主だか、聞いて呆れちゃう」

「しかし、そんなもんかもしれないぜ」

と、尾形は言った。「割合、お金の感覚がないというか――」

「そうかもね。でも、どうでもいいわ」

「本当に、その千春って人の婚約者だったのかな？」

「それも分らないわ。でも、その後、何も話さなかったから。――金払わされて、頭にきてさっさと帰って来ちゃったの」

「君らしいや」

「でも、どうなってるのかしら?」

と、明子はため息をついた。「あの、亭主の佐田の方を、調べてみたいんだけどね」

「あんまり深入りすると危いぜ」

「大丈夫。危い目には別に——」

と言いかけて、明子は、車にはねられそうになったことを思い出していた。

「これから、どうするんだい?」

と、尾形は訊いた。

「家へ帰るわ」

「いや、事件の方さ」

「ああ。——あの夫婦のアパートへ行ってみるつもり」

「なるほど」

「今朝、寄ってみたけど、誰もいないの」

「帰ってないんだな」

「もう帰って来ないのかも……」

と明子は呟くように言った。

しかし——あの中松という、一風変った青年。
いやに、明子の印象に焼きついてしまっている。
——明子は犬が水を切るように、ブルブルッと頭を勢い良く振った。

14 遊びは終り

白石知美（ともみ）は、三十分前から、レストランの窓際の席に座って、外を眺めていた。

「早く来ないかな」

と呟く。

ちゃんと時間も言ってあるのに。――時間にルーズなのが彼の欠点。

それ以外は、とってもすてきな人なんだけど……。

知美は、一杯のコーヒーを、三十分、もたせていた。

途中で、また何か頼もうかと思ったが、思い直した。

もったいない！ 家計を預かる身としては、むだづかいをなくして行かなくては！

店のウエイトレスが、チラチラと知美の方を見ている。知美は平気だった。

寄り道してボーイフレンドと会っているとでも思われるかもしれない。

でも、そう言われたら、面白い。

「あら」

と言い返してやる。「私たち夫婦なんですよ」

って。

はた目にそう見えないのは仕方ない。

何しろ知美は十七歳。今は学校帰りで、セーラー服と、学生鞄というスタイルなのである。

いくら左手の薬指にリングをはめているからといって、まさか、この女学生が「人妻」だとは思わないだろう。

人妻か。――何だかこの言葉を耳にすると、恥ずかしくなる。

まだまだ二人とも新婚ホヤホヤなんだもの……。

白石紘一は、十九歳の大学生だ。

大学生と女子高生の夫婦――はた目には、ずいぶん変でしょうね、と知美は思った。

あれこれ、人に言われていることも、知美は知っていた。

「親のスネかじり」

「甘えている」

「おままごと遊び」

――でも、知美は本当に紘一を愛していたし、紘一だってそうだ。

だったら、結婚して悪いわけがあるだろうか？

それに、法律的にも、ちゃんと二人は結婚できる年齢なのだ。

ただ――親にマンションを買ってもらい、生活費をもらっているというのは、そりゃあ汗水たらして働いている人たちから見れば、腹立たしいかもしれない。でも、金持の家に生れたのは、何も子供の責任じゃないだろう。いいんだ。何と言われたって。

あと何十年かたって、

「あの二人は理想の夫婦だね」

と言われるようになって見せるわ。

しかし——知美にも多少の心配はあったのだ。

夫、紘一のことである。

デリケートで、繊細で、とても感受性の強いタイプなのだ。

しかし、それが大学を出ても続くのでは困る。

今は学生だから仕方ないが、卒業すれば、親の仕送りなしでやって行く。それが知美の考えだった。

ところが、紘一の方は、あまりそんな気にもなれないらしい。

「いいんじゃない、そのとき考えれば」

と言って、その手の話を避けてしまうのである。

そして、

「外国の貴族は働かないで、財産だけで暮してるんだよ」

と、そういう生活に憧れていることをほのめかす。

「でも、私たち、貴族じゃないわ」

と、知美はいつも言っている。

紘一はただ笑うだけだ。

知美としても、もちろん身を粉にして働けるというタイプではない。でも、その気になれば、タイプも打つし、多少英会話もできる。

少なくとも、ずっと親の仕送りを受けて、何もしないで暮すという生活はしたくなかった。

困るのは、二人の親たちなら、ずっとお金を送ってくれるに違いない、ということである。

まあ、紘一の卒業はまだ先の話だ。でも、そのときになって、もめるのもいやだし
……。

紘一が道をやって来るのが見えて、知美は手を振った。

しかし、紘一は、気付かずに、入口の方へ回って行く。

「――やあ、ごめんよ」

と、紘一は座って、「ついうっかりして寝過しちゃったんだ」

この笑顔を見ると、知美はポーッとして、怒るのも忘れてしまうのだ。

「夕ご飯、食べて帰りましょ」

「どうせなら、もっといい店に行かないか?」

と紘一は言った。

「そんなお金、ないわ」

「親父のつけのきく所がいくつだってあるよ」

「そういうの、やめよう、って話だったじゃない」

「そうか。——分ったよ」

紘一は軽く肩を揺すった。

相手に譲るのも楽しい時代なのである。

「私、この定食のAでいい。六百八十円」

「僕は——これだ」

「あ、千二百円もしてる」

と言って、知美は笑った。「いいわ、許可する!」

注文して、知美は窓の外を見た。

「——今日、ちょっとある人と話をして来たんだ」

と、紘一が言った。

「ある人って?」

「名前は言えない」

「どうして？」

「約束なんだ」

「へえ」

知美は首をかしげて、「何の話だったの？」

と訊いた。

「仕事さ」

と、紘一は言った。

「仕事？　何のこと？」

「アルバイトをやるんだ。それを決めて来たのさ」

知美はポカンとして夫を見ていた。

「――何だよ、そんな顔して」

「だって――びっくりするじゃないの、いきなり」

「だめだったら、がっかりするだろ。だから、黙ってたんだ」

「凄いわ！　おめでとう！」

知美は席で飛びはねた。

「よせよ、みっともないよ」

と、紘一は赤くなった。

「だって――嬉しいわ！」

「ありがとう」

「どんなお仕事なの？」

「うん……」

紘一は、なぜか、ちょっとためらった。

「どうしたの？」

「いや……あんまり人に話しちゃいけないと言われてるんだ」

紘一はそう言ってから、「でも、そんな怪しい仕事じゃないよ！」

と、付け加えた。

「信じるわよ」

「サンキュー。その内、詳しく説明するよ」

紘一は、「ちょっとトイレに行って来る」

と、席を立った。

一人になると、知美は、また胸が熱くなって来るのが分った。

あの人は、やっぱり立派な人なんだわ！　私の旦那様ですものね！

言いたくないというのは、あんまりたいした仕事ではないのだろう。

〈でも、いいじゃないの〉

どうせ、二人とも若いんだ。どんなにだって変って行ける。

知美は急にお腹が空いて来て、料理が来たら、先に食べていよう、と思った。

——料理が二人分とも来た。

しかし、紘一は戻って来ない。

「何やってんのかな」

と、呟く。「食べちゃうぞ」

——すると、紘一がトイレの戸を開けて、出て来るのが見えた。

呑気なんだから、あの人は。

紘一が、ひどくゆっくりした足取りで、戻って来る。

「先に食べようかと思ってたのよ」

と、知美は言った。「早く食べないと冷めちゃうわ」

ナイフとフォークを手に食べ始めても、まだ紘一が立ったままなので、

「——何してるの？」

と、知美は、紘一を見上げた。

紘一の目は、虚ろで、知美を見てはいなかった。

「どうしたの？」

と、知美は言った。

急に、紘一の身体が、まるで支えを失った布の塊のように、崩れて、床に沈んだ。

知美は立ち上った。

ナイフとフォークが床に落ち、金属音を立てる。

足下で、紘一はすでに、生命を失った、「もの」となって横たわっていた。

15　恐喝

「あらまあ」

と、啓子が言った。

母、啓子の「あらまあ」には、明子も慣れっこであるが、それが何の意味なのかは、

「どうしたの?」

と訊いてみないことには、よく分らない。

「殺されたんですって。可哀そうに」

「へえ。誰が?」

明子はあまり関心も示さずに言った。

ともかく食事中に、明子の目を向けさせようと思えば、かなり思い切った手段を取るしかないのである。

「十九歳の夫、殺さる、ですって。ずいぶん若いのね」

「本当ね」

「未亡人は十七歳ですってよ。――どうなってるのかしら」

啓子は新聞をガサゴソとたたんだ。

殺されたことに「あらまあ」なのか、夫婦が若いことに「あらまあ」なのか、その辺は判断に苦しむところだった。

「そんなに珍しいこともないわよ」

と、明子は言った。「私だって、十九歳と十七歳っていう夫婦、知ってるわ……」

待てよ、と思った。――十九歳の夫。十七歳の妻？

それにしてもピッタリだ。

「ちょっと新聞貸して」

と、明子は手をのばした。

「危いじゃないの、おはしを持ったまま手を出して――」

明子は新聞を広げた。

「まさか！」

と言ったきり、絶句。

あの夫婦だ！　白石夫婦ではないか！

「どうしたの、明子」

と啓子が言った。「ご飯が冷めるわよ」

「いいの、私、お腹空いてない」

と、明子は言った。

いかにショックが大きかったか、分ろうというものだ。

「じゃ、お茶漬一杯」

——それほどでもなかったのかもしれない。

「知ってる人なの？」

と、啓子が不思議そうに訊いた。

「ちょっとね。——会ったことがあるの」

「へえ。可哀そうにね。じゃ、お葬式にでも行って来たら？」

「そういう関係じゃないのよ」

と言ったものの、待てよ、と思い直した。

それもいいかもしれない。——ともかくあの女の子——いや、未亡人とも話をしたかった。

これは偶然の殺人事件なのだろうか？

しかし、新聞で読む限りでは、喧嘩(けんか)とかそんなことではない、妻の知美という女の子も、

「全く理由が分りません」

と語っている。

つまり、計画的殺人という線も考えられるわけで、そうなれば、ちょうど、明子が

捜査している事件と関連があると思える。

もちろん、明子もあの白石という夫に、

「茂木こず枝」

という名をぶつけてみたのだが、一向に反応はなかったのである。

だが、たとえ白石が直接茂木こず枝と関係なくても、何かを知っていたとも考えられるし、それに、白石は茂木こず枝の勤めていた会社でアルバイトをしていたのだ。明子に訊かれたときは忘れていて、後になって何か思い出したという可能性もある。

ともかく、まず当ってみることだ……。

殺された白石紘一が社長の息子だったせいか、さすがに葬儀は盛大だった。

もっとも、来ているのは、大部分が父親の関係らしく、年輩の人が多かった。

明子は一応、弔問客とも見えるように、紺のワンピース姿でやって来て、門の前をウロウロしていた。

しかし、あんまりうろついていても、香典泥棒か何かと間違えられそうだ。

どうせこんなに大勢来ているのだ。一人ぐらい顔の分らないのが焼香したって、おかしくあるまい。

というわけで、明子は一応焼香の列に並んだ。

凄い家だ。明子の家の何倍あるか……。

まあいいや。そんなことは考えないようにしよう。

順番が来て、明子は型通り焼香した。遺族の方へ一礼しながら、妻の知美を見ると、黒のスーツ姿で、大分落ちついてはいるが、青ざめて、目を赤く充血させている。

明子が頭を下げると、知美も頭を下げたが、ふと明子の顔を見て、思い当ったような表情になる。

思い出したんだわ。——へえ、意外とボンヤリじゃなかったのね、と明子は、葬式にしては少々不謹慎なことを考えた。

表に出て、どうせ出棺までそう時間もないようなので、しばらく待つことにした。

周囲を見回すと、同様に、出棺を待つ人たち……。

——ふと、明子は妙な気がした。

あまりにも、若い人が少なすぎるのである。

考えてみれば、死んだ白石は大学生だったのだ。

大学の友人たちなどが、もっと大勢やって来てもいいではないか。それなのに……。

周囲を見回しても、父親関係の知人らしい、中年過ぎの人ばかり。

どうなっているのかしら?

明子は首をひねった。

「——もし」

と、誰かの手が肩に触れる。

振り向くと、ちょうど明子の父親ぐらいの年齢の男が立っている。別に黒服ではなかった。

「はあ」

「何か?」

「つかぬことをうかがいますが、亡くなった紘一さんのお知り合いで?」

「ええ……。まあ、そんなところです」

「では、ちょっとこちらへ――」

わけが分らなかったが、ともかく、その男について、少し離れた所の、小さな公園まで歩いて行く。

そこに、十八、九の女の子が待っていた。

――いや、顔は若くて、たぶん十八、九だと思えるのだが、一見して、お腹の大きいのが分る。

「これは娘です」

と、その男は言った。「あの男に騙されて、こうなりました」

「あの男?」

「白石紘一です」

明子が目をパチクリさせて、

「本当ですか？」

と、思わず訊いた。

「本当よ」

と、その娘は恨みがましい目で、

「あの人がまさか結婚してるなんて……。時期が来たら親に正式に話をして、結婚しようとか言って――」

「白石さんが？」

「あなたも、やっぱり騙された口なの？」

明子はあわてて、

「いいえ」

と首を振った。「私は、ただ仕事の上で、知っていただけよ」

「そうなんですか」

と父親が頭をかいて、「いや、それは失礼。てっきりうちの子と同じような女性かと思いまして……」

「そんなに何人も？」

「私の知ってるだけで他に三人もいたのよ」

と、女の子がカッカしながら、「結婚の約束してたっていうのよ、みんな！　許せない！」

これには明子もびっくりした。

あの知美が聞いたら、どう思うだろうか。

「それで——どうするつもりなんですか？」

と、明子は言った。

「もちろん、訴えてやるわ」

と、女の子が言った。「もう子供は七か月よ。おろせないんだもの。あいつが死んだって、親からでも、お金を出させてやらなくちゃ」

「当然の権利だと思いますよ」

と、父親も腹立たしげに言った。

もちろん、それが事実なら、当然請求する権利はある。

しかし、——明子はちょっとがっかりしていた。

この調子では、白石を恨んで、殺す動機のある人間が、他に、もっといるかもしれない。

そうなると、白石の死は、明子が調べている事件とは無関係かもしれないのだ。

「お気持、分りますわ」

と、明子は言った。

「そうでしょう?」

「でも今は――ともかくお葬式が済むまで待ってあげた方が良くありませんか?」

「いや、そうはいかん」

と父親が首を振る。

「どうしてです?　白石さん当人はともかく、あの奥さんには凄いショックですよ、きっと」

「だからこそ、じゃない」

と女の子がお腹を撫(な)でて、「これを見せて、この子の父親は白石紘一です、って大声で騒いでやる、っておどかすの。お客たちの手前、向うも高い額でもあわてて承知するわよ」

明子は、どうもそういうやり方は好きではなかった。――しかし、この親子に意見する立場でもない。

「パパ、そろそろ出棺よ」

「そうか。待とう。出て来るところを捕まえるんだ」

「じゃあね、バイバイ」

と、娘の方が明子に手を振る。

明子は首を振った。——どうなるのかしら？

明子は、しばらくその場に立って、様子を見ていた。

棺が出て来て、霊柩車に納められる。

白石紘一の父親らしい男性が、代表して挨拶を述べる。

そして、霊柩車と何台かのハイヤーが、列を作って、走り出し、集まっていた人々が帰り始めた。

「おかしいわ……」

と、明子は呟いた。

じっと見ていたのだが、妻の知美が、出て来なかったのだ。

そんなことがあるのだろうか？

見落としかもしれない、と思ったが、あれだけ用心して見ていたというのに……。

門の前が、閑散として来ると、明子は、門の中を覗き込んだ。

受付などを手伝いに来た人たちが、片付けをしている間を抜け、家の裏手に回ってみる。

「——ともかく、話は分ったんでしょうね、ええ？」

と、甲高い声。

さっきの、お腹の大きな女の子だ。

「ともかく、これで娘の一生はめちゃくちゃなんですよ」

と言っているのは父親の方だ。「それはあんたのせいじゃない。よく分ってはいるが、しかし、やっぱりあんたのご亭主のやったことだからね」

そっと覗いてみると、庭へ面した和室で、あの親子と、知美が向かい合っている。

「申し訳ありません」

と知美が頭を下げる。「父とも相談しまして、必ずご返事します」

「当り前よ。冗談じゃないわ」

女の方は、やくざっぽい口調だ。

「ともかく、差し当り、入院や出産の費用として、三百万ほど用意してもらいましょうかね」

と、父親が言った。「後のことは、できれば、こっちも裁判沙汰にせずに、穏やかに済ませたいんですよ。分ってもらいたいな。――もっと騒ぎ立てて、金額をつり上げてもいいが、私どもはそこまでやりたくない」

知美は、じっと顔を伏せたままだ。

「まあ、よく相談してもらいましょう」

と父親が立ち上る。「さあ、帰ろう」

「うん」

娘は、どっこらしょ、と立ち上り、「あんたはどうなの？　できてるの？」

と言って、笑った。

「おい、行くぞ」

と、父親が促す。「――ああ、奥さん、三百万は来週にはほしいですね」

「かしこまりました」

知美は、青ざめた顔で、言った。

――父親と娘が出て行くと、知美は、彫像のようにじっとして、動かなかった……。

16　謎の〈仕事〉

「フフ、あの女房ったら、青くなって、見らんなかったね」

と、歩きながら、娘が言った。

「ちょっと哀れになったよ」

と父親の方がタバコをくわえて、火を点ける。

「あら、仏心なんか出したらだめよ」

と娘の方は澄まして、「せいぜいお金をふんだくってやらなきゃ」

「しかし、大丈夫か？」

「何が？」

「あの女はともかく、父親となると、あれこれ調べて回るかもしれん」

「その隙を与えないことよ」

「どうするんだ？」

「このスキャンダルを、あちこちに売り込むと言っておどすのよ」

「なるほど」

「向うは、事実かどうかなんてことより、書かれるかどうかであわててるわ。素早くやるのよ」

「お前は利口だ」

と、笑って、「さすがに俺の女だよ」

と肩に手を回す。

「でも、うまい具合に、本当にあいつと一時期同棲してたしね」

「ぶっ殺してやりたかったぜ」

「殺さなくて良かったでしょ」

「全くだ」

と父親――いや、男は笑った。

「一度じゃもったいないわ。何度だって絞り取れる」

「じわじわ、とな。――それは俺に任せろよ。ベテランだ」

「なるほどね」

と声がして、二人はギョッと振り返った。

明子である。

「お話はうかがいましたよ。――たちの悪い人たちね」

「黙ってた方がいいよ」

と女が言った。「この人、おとなしそうに見えても、怖いんだからね」

「そうとも。――お前も馬鹿じゃあるまい？」

「あなたたちほどはね」

「何だと？」

男がカッとしたように前へ出る。

「少し痛い思いをさせた方がいいわ」

と、女が言った。「でも、骨は折らないようにね」

「任せとけ」

と男が進み出て、ぐいと明子の腕を――つかんだはずだったが、明子の体がスッと沈んだと思うと、男の体はぐるっと一回転して、地面に叩きつけられた。

「ウ……」

と、呻いて、喘ぐ。

「あなたたちのことを、知美さんへ話して来るわ」

と、明子が戻って行く。

「待て！　畜生、ふざけやがって！」

男の方は、顔を真っ赤にして起き上がると、明子の背中へと駆け寄った。

明子はクルリと振り向くと、前かがみになって、男が突っこんで来る、腰の辺りへ頭を入れた。

男の体はそのまま宙を真直ぐに進んで、落下した。

「――のびちゃった」

明子は、ポンと手を払って、「鼻の骨が折れたかもね。医者へ行ってレントゲンとった方がいいわ」

と言った。

女の方は真っ青になっている。

「ねえ、あんた」

明子に声をかけられると、ピクッと身をちぢめて、

「助けて！　勘弁してよ！」

と悲鳴を上げる。

「妊娠中なんでしょ。何もしないわよ。でもね、今度知美さんに近づいたら、腕の一本ぐらい折られる思っといた方がいいわ。分った？」

女がコックリと肯く。

明子は悠然と立ち去った。

明子が、白石の家へ戻ってみると、奥の和室に、もう知美の姿はなかった。

火葬場へ行ったのかしら？

明子がまた表へ回ろうとしていると、

「知美さんは？」

と、声がした。

「さあ、さっきまでそこにおられましたけど――」

使用人らしい女性の声。

してみると、どうやら出ているわけでもないらしい。

「もしかして……」

まさか、とは思ったが、いやな予感がして、明子は裏へ戻った。

廊下から、家の中へと走り込む。

「失礼……」

さっきの和室を通って、その奥の襖(ふすま)を開け、明子はギョッと立ちすくんだ。

鴨居(かもい)から紐が下って、そこに知美が――。今まさに乗っていた椅子をけったところだった。

「だめ！」

明子は駆け寄って、知美の体をかかえ上げた。「外しなさい！」

「死なせて！　お願い！」

と、知美が暴れる。

離してなるものか、と明子は必死で、知美の足にしがみついて、体を持ち上げていた……。


「まあ、そうだったの？」

知美は、頭を下げた。「ごめんなさい、何も知らなくて」

「いいえ……」

明子は頭を振りながら言った。「それにしても、よく殴ってくれたわね」

「本当にごめんなさい」

「いいの。石頭だから」

と、明子は苦笑した。

「今、お茶を――」

「コーヒーある？　少しはスッキリすると思うの」

探偵は時には殴られ、けられることに、じっと堪えなくちゃいけないんだわ、と明子は思った。

――和室でコーヒーというのも、少し妙だったが、ともかく、やっと明子の頭も正常な活動を取り戻し始めていた。

「ご主人は気の毒だったわね」

「本当に――今でも信じられなくて」

と、知美は言った。「だから、火葬場にも行かなかったの」

「どうして？」

「もしかして、死んだのは、あの人とそっくりの別の人で……。よく言うでしょ。世の中には、そっくりの人がいるって」

「ええ」

「だから、ヒョイと帰って来るんじゃないかって――。そして、『今日は誰のお葬式なんだ？』って訊くの」

そう言って知美は、ちょっと笑った。

もちろん、そんなことがないのは、彼女にも分っているのだ。――しかし、明子には、知美の気持も、よく分った。

「ご主人が殺されたときのことを聞きたくて来たの」

と、明子はわざと事務的な調子で、言った。

「まあ、どうして？」

「実は、この間、あなた方の所へ行ったのは、お金を返しにじゃなかったの」

明子は、あの式場で死んでいた謎の花嫁のことから説明した。

「――そんなわけで、あの日の何組かの夫婦のことを調べていたのよ」

「そうだったの」

「騙してごめんなさいね」

「いいえ、そんなこと……」

と、知美は首を振って、「茂木こず枝……。私も聞いたことないわ」

「そう。——それはともかく、あのとき、ご主人は——」

「ええ、私たちレストランへ入っていて……」

知美は、夫が死んだときのことを、思い出しながら話した。

「——警察は何と?」

「ただの通り魔的な犯行じゃないか、って……」

「その可能性はあるわね」

「でも——ちょっと気になることがあるの、私」

「どんなこと?」

「彼が、アルバイトをやる、と言ってたでしょう」

「ええ、それが?」

「その仕事の中身を、あの人、全然、話してくれなかったの」

「というと?」

「訊いても、話しちゃいけないことになっている、って……」

「何か——よからぬことでも？」

「そうかもしれないわ。後になって、そう思ったの」

「何かそれらしいことが？」

「いいえ」

と、知美は首を振った。「でも、正直言って、あの人は、仕事するのが嫌いだったの。怠け者だったわ。人は良かったけど」

　なかなか良く見ている。

「あの人が、誰からも押し付けられずに、仕事を捜すなんて、ちょっと考えられないわ。後で主人の父なんかにも訊いてみたけど、そんな話は知らない、って」

「すると、その仕事のことで、ご主人は殺されたのかしら？」

「そうかもしれないわ。あんな風に突然、殺されるなんて、おかしいでしょう？　前から誰かと争ってたとかいうのなら、ともかく」

「そうねえ」

「あの人が『仕事』を見付けて来て、すぐ殺された。——それが偶然とは思えないの」

　知美の言葉に、明子は肯いた……。

17 学友の話

「そろそろ——」

と、知美が立ち上った。

若い未亡人である。しかし、そういう目で見るせいか、それとも、黒いスーツのせいか、とても十七歳には見えない。

人間は悲しみに堪えて大人になるんだわ、と、明子は、一人で納得していた。

私なんか大人になるはずだわ。お小遣いの少ない悲しみ、恋人のいない悲しみ、憂さ晴らしに放り投げる相手のいない悲しみ……。

あんまり大したことのない悲しみばかりを数え上げて、明子は一人で肯いていた。

「お骨が帰って来るのね」

と、知美は言った。「あの人が焼かれてるなんて思うと、辛くって。一緒に死んじゃいたくなるわ」

そんなもんかしら、と明子は思った。

私なら、どんなにいい亭主が死んだって、一緒に死ぬ気にはなれないけどね。

といっても、亭主のいない身では、そう断言もできないが。

「一つ訊きたいことがあるの」

と明子は言った。

「何かしら？」

知美は明子の方を見た。

「ご主人、大学生だったわけでしょう？」

「ええ」

「それにしちゃ、お友達でご焼香に来た人が少ないように思ったけど」

知美は、もう一度明子の前に座った。

「私、そんなこと、考えてもみなかったわ」

「私も、別にずっと見てたわけじゃないから、よく分らないけど――」

「いいえ、本当にそうよ。その通りだわ」

知美はゆっくりと肯いた。「ほとんど――いいえ、一人も来なかったんじゃないかしら。こんなことってないわよね」

「何か事情があるのかしら」

知美はじっと考え込んだが、やがて首を振って、

「思い当らないわ。――私、放っておきたくない。何人か、主人のお友達も知っているから、訊いてみるわ」

「私、お手伝いしてもいい？」

「お願いできる？」

こっちからお願いしたいくらいだ。明子はもちろんしっかりと知美の手を握ったのだった。

玄関の方に、車の音がした。

「帰って来たんだわ」

知美は立ち上がると、シャンと背筋を伸ばし、夫の遺骨を出迎えるべく、玄関の方へと歩いて行く。

その後ろ姿には、一種、悲壮な美しささすら漂っていた……。


その二日後のことである。

明子は、知美に呼び出されて、白石紘一の通っていたA大学の校門前にある喫茶店へ出向いた。

「あら……」

知美を見て、明子は戸惑った。

淡いグレーのセーターに、水色のスカート。ちょっと小柄ではあるが、大学生といって通りそうな印象だった。

「どうもすみません、わざわざ」

と、知美はピョコンと頭を下げた。

「いいのよ。――大丈夫？」

「ええ。いつまで泣いてたって、あの人が生き返るわけじゃなし……」

若さというものなのか、その微笑には、かげりがなかった。

悲しくないわけではないのだろうが、体の方が生命力に溢れているのだ。

「そう、その調子よ」

と、明子は座りながら、言った。「人生、こういう悲しみを、いくつも通過しなきゃならないんですからね」

何だか分ったようなことを言って、自分で照れくさくなり、

「あの――コーヒー一つ」

と、注文した。

「実は、主人の親しかったお友達に電話してみたの」

と、知美が言った。

「で、何か分った？」

明子が身を乗り出す。

「それが――」

と、知美は肩を寄せて、「誰も話してくれないの」

「話してくれない？」

「ええ。お葬式には出たかったんだけど、どうしても外せない用があって、とか……。みんながそう言うの。おかしいでしょう？」

「何か事情がありそうね」

「それに会ってお話がしたい、って言うとみんな、『ちょっと忙しくて』とか、『その内に』とかって逃げちゃうの」

「いくら何でも冷たすぎるわね、お友達にしては」

「ねえ、そうでしょう？」

「それで……ここへ来たのは？」

知美は大学の正門を、窓越しに眺めて、

「この席からよく見えるでしょ？　よく紘一さんが出て来るのを、ここで待っていたの。だから、ここで、主人のお友達が誰か出て来るのを見ていようと思って」

「そうね。向うがそうも逃げるとなれば、ますます追っかけなきゃ」

明子は肯いた。

「下手をすると、ちょっと待たなきゃいけないけど……」

「構やしないわ。どうせこちらは停学中で――」

と言いかけて、明子はあわてて口をつぐんだ。

しかし、知美の方は、ちょうど校門を出て来た数人のグループに気を取られている様子だった。

「あの人――いいえ、違うわ」

と、がっかりしたように首を振る。

「まあ、のんびり待ってましょうよ」

ちょうどコーヒーが来たので、明子は、ミルクを入れながら言った。

「あの人！」

と知美が言った。

「え？」

「今入って行く青いセーターの。あれ、きっとそうだわ」

と知美が腰を浮かす。

明子は、まだコーヒーに口をつけていない。置いて行くのはもったいない！

「待って」

と、知美を抑えて、「ここへ連れて来てあげるわ」

「ええ？」

「ここの方がゆっくり話もできるでしょう」

「それはそうだけど――」

「待ってらっしゃい」

明子は、急いで席を立つと、店を出た。

青いセーターの、少々――いや、かなり肥満タイプのその学生は、薄っぺらい本と、分厚い漫画週刊誌をかかえて、大学構内へ入って行った。

大体、もうお昼過ぎだ。こんな時間に大学へ出て来て、勉強する気なんかあるのかしら？

明子は、自分のことは棚に上げて、思った。

足早にその青いセーターを追い越すと、やにわに振り返り、

「あら！　久しぶりねえ！」

と声を上げた。

青いセーターは、自分が声をかけられたとは思わないのか（当然だが）、チラッと明子を見て歩いて行こうとする。

明子は、その腕を、ぐいとつかんだ。合気道で鍛えているから、そう簡単には振り離されはしない。

「な、何するんです？」

と、面食らって明子を見る。

「本当に懐しいわ、元気そうね？」

「あの――」

「少し太ったんじゃない？　大分かな？」

「何ですか、僕は――」

「ゆっくり話でもしましょうよ。ちょうどそこの喫茶店が空いてるみたいだから」

と、腕を引張る。

「待って――待って下さいよ！　僕はあんたなんか――」

「どうしているかと思って、ずっと気にはしてたのよ。さあ、つもる話に時を忘れましょう！」

ぐいぐい引張って行く。

「ちょっと――困りますよ、――僕、これから、授業が――」

と青いセーターが抗議しようとすると、明子は、その手首をエイッとねじってやった。

「痛い！　痛……」

青いセーターは飛び上りそうになった。だらしがないんだから！

「逆らって動くと、手首の骨が折れるわよ」

と、明子は低い声に凄みをきかせて、言った。「分った？」

青いセーターが無言でコックリ肯く。

「じゃ行きましょう。会えて良かったわ！」

明子は、青いセーターを、喫茶店の中へと、ぐいと押しやった。

席から知美が立ち上る。

「西川さんでしたね」

「あ——白石の——」

「知美です。何度か家にみえて——」

「はあ、どうも……」

青いセーター——いや、西川という名前もあるらしいから、そっちで呼ぶことにすると——西川は、ヒョイと頭を突き出すように頭を下げた。

「ゆっくり座んなさいよ」

明子がポンと肩を叩くと、西川は、あわてて椅子にドシンと腰をおろした。キーッと、椅子が悲鳴を上げた。

「ちょっと！　壊さないでよ」

と明子は言って、自分の席に腰をおろした。

良かった！　コーヒーはまだ冷めていない。

「お葬式に行けなくてどうも……」

と、西川は頭をかいた。「どうしても行かなきゃいけない所があって――」

「ちょっと」

と、明子が言った。

「え?」

「また腕をねじられたいの?　友達のお葬式に出られないような用なんてもんがあるはずないでしょ。正直に言わないと首をねじっちゃうわよ」

西川が、あわてて太い首を手でさすった。

「いや……つまり……」

「西川さん」

と知美が言った。「主人のお葬式に、お友達が一人も来なかったんです。いくら何でも、これは偶然とは思えませんわ。そうでしょう?」

「はあ……」

「わけを知りたいんです。それにあの人は、事故で死んだのでも、病気で死んだのでもありません。殺されたんです!　だけど、警察の捜査は一向に進まないし。

――私、事実が知りたいんです!」

西川はもじもじしていたが、やがて諦めたように、

「分りました」

と、肯いた。「でもその前に――」

「なあに?」

と明子が訊く。

「チョコレートパフェを頼んでもいいですか?」

と、西川は言った。

18　謎の相棒

「あの人が退学になってたって?」

知美は目を見開いた。

西川は肯いた。

「もう二か月以上前かな。あいつ、何も言わなかったんですね?」

西川の前には、明子ですら胸がむかつくような、チョコレートパフェの「大盛り」が置かれている。

「まるで知らなかったわ」

知美は首を振った。「でも、一体どうして?」

「それがね……」

西川は言いにくそうに、「ばれちゃったんだな、アルバイトが」

「アルバイト? あの人、何のアルバイトを?」

「いや、普通のアルバイトなら、みんなやってるんだし、構やしないんだけど、あいつの場合はね、ちょっとまずかった」

「どういうことですか? はっきり言って下さい」

西川はため息をついて、

「つまり——あいつはね、大学の中の女子学生に売春のあっせんをしてたんです」

「何ですって？」

知美の声は、囁くように低かった。

「でも、女の子の方から持ちかけた、ってのが本当のところだと思うんですけどね。つまり、あいつ、割と調子が良くて、女の子にもてたでしょ。で、少しまとまったお金を手っ取り早く稼ぎたい、って女の子が、彼に頼んだんですね、お客、いないかしら、ってわけで。あいつ、顔が広いから、あちこち声をかけて、客を紹介してやっている内に、段々、他の女の子たちも頼みに来る。——それでいつの間にか、何パーセントかの礼金を取って、組織的にやるようになったんですよ」

「あの人が……」

やはり、若くて潔癖な知美にはかなりのショックだったようで、顔からは血の気がひいている。

「あんた、友達でしょ」

と、明子が言った。「どうして止めなかったのよ！」

「そ、そんなこと言ったって——」

西川はあわてて椅子をずらし、明子から少し離れた。「何か、やってるらしいな、ってことは知ってたけど、詳しくは分らなかったんですよ」

「いい加減なこと言うと――」

「本当ですってば！」

「ともかく――」

　と、知美が言った。「それが、ばれたわけですね」

「ついてなかったんだな。たまたまね、その女の子の一人を紹介した相手の男性が、大学の教授の友達だったんですよ。で、彼女のことを、見たことがあって憶えていた。それを教授へ話したもんだから……」

「それで捕まったわけ？」

「いえ、教授がその女の子に付き合えと言ったんです」

「ひどいわね！」

　と、明子は呆れて言った。

「それを、たまたま、仲の悪いもう一人の教授が知って、大学当局へ訴えた。で、後はズルズルと……」

「なるほどね」

　明子は肯いた。「そんな事情があるから、大学の中で処理しちゃったわけね」

「そうなんです。あいつは退学、教授は健康上の都合で辞職……」

「で、万事丸くおさまった、と」

「そういうわけです」

西川は、ちょっと上目づかいに知美を見て、

「お葬式に行かなくてすみません。まだ大学の方はピリピリしてるんです。あいつと一緒に、そのアルバイトをやってた奴がいるというんで」

「一緒に?」

と、知美は身を乗り出した。「それは誰ですか?」

「僕は知りません」

と言ってから、西川は明子の方を向いて、「本当ですよ」

と付け加えた。

「誰も嘘だなんて言ってないわよ」

「だから、あいつと付き合いのあった連中はびくびくしてるんです。共犯と思われて退学になるんじゃないか、って」

「だらしない! 私なんか停——」

と言いかけて、明子は咳払いした。「ともかく、それでお葬式にも来なかった、ってわけ? 友情も地におちたわね」

「すみません」

西川はすっかり小さくなっている。

小さくなっても、大盛りのチョコレートパフェを食べる手の方は休まずに動いて、容器はほぼ空になっていた。

「警察はそのこと知らないわけね」

と、明子は言った。

「てっきり、通り魔犯罪だと思ってるわ」

と、知美は肯いて、「でも、あの人が、『アルバイトを見付けた』と言ってたことと、そのすぐ後に殺されたことを考えると、無関係じゃないようね」

「その線から調べた方が良さそうだわ」

明子は、考え込みながら言った。

「ええと――僕はこれで――」

パフェを平らげた西川が立ち上りかける。

「ちょっと待ちなさいよ」

「ま、まだ何か？」

「あんたは、その相棒に心当りないの？」

「全然」

「本当ね？」

「もちろん！」

「そう……」

明子は少し考えて、「じゃ、もう一つ訊くわ。そのアルバイトの世話をされていた女の子の方はどうなの？」

「ああ。──そっちは、誰と誰だかはっきりしなかったせいもあって、目をつぶっちゃったみたいですよ」

「いい加減ね！　その教授のお相手した女子学生は？」

「下手に退学にでもなりゃ、外でしゃべりまくると心配したんじゃないのかな。まだちゃんと通って来てますよ」

「へえ！　図々しい！」

明子は呆れて言った。

「誰だか分ってるんでしょう？」

と知美が訊いた。

「ええ。まあ……」

「じゃ、教えてよ。いえ、会わせてもらいたいわ」

と、明子があっさりと言った。

「僕が？」

「そう。何も、面倒なことじゃないでしょ。名前だけ聞いたって、こっちには分らないんだもの。当人を指さして教えてくれるだけでいいのよ」

「だけど……」

と、西川は渋っている。

「何なの？」

「それでもし僕が退学にでもなったら……」

「いやならいいのよ。大学当局へ電話をするだけ」

「電話？」

「そう。西川って学生が、売春の黒幕だったんですってね」

「やめて下さい！　せっかく、いい会社から話が来ているのに！」

と、西川は青くなって言った。

「じゃ、頼みを聞いてくれる？」

頼みというより脅迫である。

西川は情けない顔で肯いた。

「じゃあ……明日なら、彼女きっと出て来ますよ。あの課目、出ないと単位落としちゃうから」

「詳しいのね」

「僕のガールフレンドですからね」

明子は目を丸くした。

人は見かけによらぬもの——とは古い言い回しだが、正にそれしか言いようがなかった!

「川並はるかです」

と、前日と同じ、校門前の喫茶店に入って来た女の子は、頭を下げて言った。

小柄で、とても十九には見えない。しかも、白いセーター、赤のスカートがよく似合って、いかにも良家のお嬢様タイプ。

この子が売春?——少々のことには動じない明子ですら、半信半疑だった。

「西川君から話は聞きました」

と、はきはきしている。「白石君の奥さんだったんですってね」

「私じゃないわよ」

と、明子はあわてて言った。「こっちの方——」

「まあ若い!」

と、知美を見てびっくりした様子。「白石さん、気の毒でしたね。とてもいい人だったのに」

「どうも」

知美の方も、少々呑まれている。

「話は西川君から聞きましたけど、何を知りたいんですか？」

「つまりその――」

明子は咳払いをして、体勢を整えた。「白石さんがあなたに仕事を世話していた、と……」

「そうです」

「白石さんには、その――相棒というか、一緒にやってる人がいたらしいけど、それが誰かは知らない？」

「いたのは事実です」

と、川並はるかは肯いて、「でも誰なのかは……。会ったこともないし。いつも連絡は白石君からもらってましたもの」

「名前とか、何か憶えていることはないかしら？」

「さあ……」

川並はるかは、首をかしげて、「名前なんかは知らないけど、たぶん、大学の人じゃないと思います」

「大学の人じゃない、って、どうして分るの？」

「たぶん、ですけど」

と、川並はるかは、言った。「だって、相手のお客の方は、普通のサラリーマンとか、そういう人でしょ？　大学の中で捜したって見付からないと思うんです」

なるほど、と明子は思った。

「それにね、一度白石君とホテルに行ったことがあるんですけど――ああ、結婚する前ですよ――彼、ホテルの部屋からどこかへ電話してたのね。あれ、たぶん、その相棒にかけてたんだと思うんです」

「何て言ってた？」

「よく分りません。シャワー浴びてて、うるさかったから。でも、『仕事が忙しいだろうけど』とか、『こっちはあんたと違って学生なんだ』と言ってるのが耳に入ったんですもの」

「なるほどね……」

「でも白石君って凄く上手だったわ！　私、結婚したって聞いて、凄く奥さんに嫉妬してたんです。西川君なんて、重たいばっかりで下手くそで……。本当にすてきな人でしたねえ、白石君、って……」

「はあ」

知美は、ただ唖然としているばかりだった……。

19　悲壮な決意

「死にたい」

と、白石知美は言った。

「やめてよ、この間やりかけたばっかりじゃないの」

と、明子は顔をしかめた。

しかしいかに鈍感な——いや神経の太い——いや、しっかりした明子でも、知美の気持は分らないでもない。

愛し、信じていた夫が、実は大学内で女子学生の売春のあっせんをし、退学になっていたというのだから……。

「気持はよく分るわよ」

と、知美の肩に手をかけて、「私だってあなたの立場だったら——」

でも、死にたいとは思わないわね。

よくも今まで私を騙してくれたわね！　死んでせいせいしたわ、というところか。

白石は殺された。

なぜだろう？——その売春のあっせんと関係があるのか。

「よく考えてみましょうよ」

と、明子は、知美と二人で公園のベンチに座り込んだ。

「死にたい……」

「大学は退学になっても、女の子たちと連絡が取れないわけじゃない。それなら、退学になって、ますますそのアルバイトに、精を出していたとも考えられるわ」

「死にたい……」

「そうなると、殺された理由も、それに関係があると思って良さそうね。差し当り、その相棒っていうのを、何とかして捜し出す必要があるわ」

「死んじゃいたい……」

「警察に話せば、ご主人のしていたことが分っちゃうし、ここは私たちで頑張って、何とか――」

「死にたいわ……」

明子は突然大声で、

「死ぬなーっ！」

と怒鳴った。

知美が仰天して飛び上り、その拍子にベンチの端から落っこちた。

明子もびっくりして駆け寄ると、

「大丈夫？」

と抱き起す。

「え、ええ……」

知美は目をぱちくりさせながら立ち上って、「凄い声ね」

「だって、あなたが『死ぬ、死ぬ』ばっかり言ってんだもの。だめよ、いくつだと思ってんの？　そんなこと言うには十年――いえ五十年は早いわ」

知美は、ちょっと泣き笑いのような顔になった。

「分ったわ。ごめんなさい」

「分りゃいいのよ。――じゃ、何か甘いものでも食べましょ」

明子にとっては、生きる希望は常に、食欲と結びついているのである。

「――おお、熱い」

明子と知美は和風喫茶なる所へ入って、おしるこを食べた。

「その点はあなたの言う通りだと思うわ」

と、知美は肯いて、言った。

「ね？　警察へ知らせれば、ことが公になるし――」

「できないわ、とても。彼のご両親はいい人なんですもの」

知美は首を振った。「でも、それじゃあ、どうやって、主人の相棒だった人を捜すつもり？」

「それなのよ」

と、明子は肯いた。「何かいい方法ないかしら」

二人はしばらく考え込んだ。

「ともかく――」

と、明子は言った。「ご主人が死んだことで、あの大学の女子学生は、仕事を失ったかもしれないわね」

「それきり、何もしないかしら？」

「そこよ！」

明子はパチッと指を鳴らして、「いい？　女子大生を売り物にしてるあの手の商売って沢山あるけど、たいていは眉ツバものなのよ」

「へえ」

「本物の女子大生なら、男たちが鼻の下を長くして、大いに稼げる。その貴重な供給源を、その謎の相棒が、そう簡単に諦めるわけがないわ」

「というと？」

「ほとぼりがさめれば、必ず、またあの大学の女子学生たちに、手を伸ばして来るに決ってるわよ」

「そこを捕まえるの？」

「捕まえたって、ご主人が殺されたことの真相をペラペラしゃべってくれるとは限らないでしょ」

「それはそうね」

「まず、素知らぬ顔で近づく必要があるわ」

と、明子は言った。

何やら思い付いた顔つきである。

「近づく、って……。でも、一体、どうやって？」

と知美は訊いた。

「その相棒も、あの大学で、誰と誰がアルバイトをしてたのか、当然、知ってたはずだわ」

「あの川並はるかさんみたいな人ね？」

「まず、その子たちに、声をかけるでしょうね」

「あの人たちも、アルバイトの収入がなくなってるわけですものね」

「そうよ。一度、男と付き合って何万円かになるわけでしょ。そんなアルバイト、他にないものね」

「話が来れば喜んで飛びつくでしょうね、きっと」

「そこが狙い目だわ」

と、明子は考え込んだ。

しばらく、考えてから――もっとも、その間は、黙々とおしるこを食べていたのだ
が――明子は、

「よし！」

と力強く言った。

「どうしたの？」

「それしか手はないわ」

「どういうこと？」

「その組織に入り込むの」

――知美は、ちょっとの間、ポカンとしていたが、

「つまり……」

「女子大生なのよ、私だって。お金の欲しい可愛い女子大生」

可愛い、という所は、少々気がとがめたのか、声がやや低くなった。

「あなたがやるの？」

知美は目を丸くした。「いけないわ、そんな！」

「本当にやりゃしないわよ。ただ、相棒というのを見付けりゃいいわけなんだから。

分る？」

「ええ、でも……」

知美は不安げに言った。「あなたに、もしものことがあったら……」

「大丈夫。私はね、そう簡単には死なないんだから」

「でもスーパーマンじゃないんでしょう？」

「失礼ね、これでも女よ」

と、明子は腕を組んだ。

「だけど、どうやって組織に入るの？」

「それはこれから考えるわ」

明子は呑気に言った。

「でも――気を付けてね」

と、知美は言った。「あなたに万が一のことがあったら申し訳なくて、私――」

そう。そういえば、白石は殺されたのだ。

それに茂木こず枝も謎の死をとげ、保科光子も殺された。

それぞれが、どう関り合っているのかは分らないが、何も関係がないとは、思えなかった。

つまり――下手をすれば「消される」こともある、というわけだ。

しかし、言ってしまった以上、後には退けない。

何とかなるさ、と明子は、口の中で、呟いた。

「アルバイトしようと思うの」

と明子が言った。

「ふーん」

尾形は、食事を終えて、一息つくと、「探偵ごっこには飽きたのかい？」

と言った。

「失礼ね！『ごっこ』とは何よ！」

と明子は食ってかかった。

「ごめんごめん」

尾形は笑って、「しかし、改まって僕にそんなことを言うなんて、どことなく怪しげだなあ」

――ちょっと高いレストランである。

当然、尾形のおごりだった。

「で、何をやるんだい？」

尾形はワインのグラスを取り上げて、言った。

「うん、ちょっと女子大生売春ってのをやってみようと思って」

尾形はむせかえって、咳込んだ。

「大丈夫？」

と、明子が身を乗り出す。

「君が——びっくりさせるじゃないか」

尾形は水をガブ飲みして、息をつくと、「冗談はそれらしく言ってくれよ」

と、言った。

「あら、本気よ」

尾形はポカンとして、

「しかし——まさか——」

「安心して。これは手段なの」

「手段って、何の手段？」

「今、話したでしょ。白石のやっていた売春組織ってのが、どうも、そもそもの花嫁変死事件に関係があるような気がするのよね」

「だからって——」

「他に方法、ないじゃない」

尾形はグッと詰ったが、

「——し、しかし、やはりそれは問題だよ」

「どうして？」

「いいかい、もし、その組織に潜り込めたとしても、すぐに、その相棒というのに会えるとは限らないぜ」

「そりゃそうよ」

「じゃ、仕事がもし来たら、どうするつもりだ？」

「もしって何よ？　あなた、私みたいな女じゃ声がかからないと思ってんの？」

「変なところでむきになるなよ」

「当然、仕事が来りゃ、やるしかないじゃないの」

尾形は顔をこわばらせた。

「だめだ！　君にそんなことはさせられない！」

「じゃ、あなた、代りにやる？」

「僕が？」

「いくら女装したって無理でしょ」

尾形は、ゴクリとツバを飲み込んだ。椅子に座り直すと、

「よく聞け」

と言った。「どうしても、そんなアルバイトをやる、というのなら、二つに一つ

だ！」

「どの二つ？」

「僕と別れるか、アルバイトをやめるか」

尾形の真面目な顔を見ていた明子は、ゲラゲラ笑い出した。

「いやだ！――本気でそんなことをやると思ったの？」

「君は――全く、もう！」

尾形は真っ赤になって、「ひどいぞ、年上の男性をからかって！」

「でも、なかなか可愛かったぞよ」

と、明子はワイングラスを取り上げた。「乾杯しましょ」

「何に？」

「私と尾形君の未来に」

「人をのせるのがうまいんだからな」

尾形は、苦笑しながら、それでも楽しげにグラスを手に取った。

20　明子の危機

「お嬢さん」

と、声をかけて来たのは、一向にヤクザ風でもない、ごく普通の中年の主婦だった。

「私ですか?」

と、明子は顔を上げた。

A大学の裏門に近い、スナック。

まだ昼前なので、ガラ空きである。

「そう。——ちょっとお話があるの」

明子は、困ったな、と思った。

例の「アルバイト」の口をかけて来る人間に、見られようとして、ここ三日間、A大学の近くの店をうろついているのだが、一向に声もかからない。

たまにかかれば、こんな、どこかのおかみさんタイプの女性。

きっと、生命保険の話でもする気じゃないのかしら。

いいとも言わない内に、その主婦は、明子の向いの席に座っていた。

「あなたここの大学生なの?」

「ええ」

と、明子は肯いた。

「大学に行かないの？」

「面白くないんだもの」

と、明子は、ちょっとワルぶって見せた。

「何をしてるわけ？」

「何をしようかって考えてるの」

「そうなの。でも、お金、あるの？」

「少しならね」

と明子は肩をすくめて見せた。

「お金、ほしい？」

「もちろんよ」

これは、ちょっと怪しいな、と明子は思った。

「いいアルバイトあるの。どう？　やらない？」

「封筒貼り？　あて名書き？」

主婦は笑って、

「そんなんじゃ、一か月かかって、やっと何千円かよ」

「アルバイトなんて、大体そんなもんじゃないの」

「一時間で二万円。どう？」

明子は、目をパチクリさせて、主婦の顔を眺めた。

この主婦が、売春のあっせん？――まさか！

「どういうバイト？」

と、明子は聞いた。

「楽しいわよ。面白くてためになって、お金になるわ」

明子は、フフ、と笑って、

「じゃ、決ってるわね」

と、言った。

「そう。そういう、いいバイトよ」

と、主婦は微笑んだ。

「どうやって、相手と会うの？」

「待って。その前に、言っとくけど、三万円の約束なの。その内、一万円をこっちへ納める」

「いいわ。もっとチップをもらったら？」

「それはあなたのものよ」

「へえ。――でも、何だか心配だな」

「今は危い時期?」

話が生々しくなって来て、明子はエヘンと咳払いした。

「そうじゃないけど――変な相手じゃいやだしさ。こう――まともじゃないのは」

「その点は大丈夫。うちのお客は、上等だし、お金もあるわ。それに年齢の行ってる人が多いから、上手よ」

「そう?」

「それに、若いのみたいに、ただやればいいってのと違って、ムードがあるわ。絶対に、楽しめるわ」

明子は、迷っているふりをして、

「でも、一つ心配なのよ」

と言った。

「なあに?」

「暴力団とかさ、そんなののヒモつきだと、あとで怖いじゃないの」

「その点は大丈夫」

「でも、おばさんだって、責任者じゃないんでしょ?」

「私は外交員よ」

保険だね、まるで。

「上の人に会わせてよ。そしたら安心できるから」

「それは、まず腕を見てから」

「腕？」

「そう。お客が満足して、また会いたい、って言うようなら、合格よ」

明子は、ゴクリとツバを飲み込んだ。――こうなると、やめるわけにもいかなくなってしまう。

「いいわ」

と明子は言った。「じゃ、これが試験ってわけね」

「じゃ、商談成立ね」

と主婦は、肯いて、「待ってて」

店の赤電話の方へ歩いて行くと、どこやらへ電話をしている。

呆れたもんだわ、と明子は思った。

あんな普通の主婦が、こんな仕事をしているんだ！

「はい。――じゃ、すぐにそこへ。――はい、それじゃ」

主婦は急ぎ足で戻って来た。

「良かったわ、ちょうど今、お客がいるの」

「え？」

「案内するわ。行きましょ」

と促される。

明子は迷ったが、ここで、いやだと言い出せば、もう声はかかるまい。

何とかなるさ！　明子は椅子をずらして立ち上った。


連れて行かれたのは、ちょっと小ぎれいなマンションの一階にある喫茶店。

主婦は店に入って、中を見回すと、週刊誌を開いている中年の男の方へ歩いて行った。

「お待たせして」

「君が？」

と中年男が目を丸くした。

「違いますよ」

と主婦は笑って、「入口に立ってる子です」

と、明子の方へ目をやった。

「いかがですか？」

「――うん、なかなかいい」

と、中年男は肯いた。「結構だね」

こっちはコケコッコーだわ。明子は、仏頂面で立っていた。

「じゃあ……」

と主婦は明子の方へやって来ると、「一時間したら、ここに来て待ってるわ」

と言って、ポンと肩を叩いた。

「しっかりね」

「どうも――」

成り行きとはいえ、少々困った事態であった。

中年男は、見たところ、そういやな男でもない。

まずは上級のサラリーマンである。

「出ようか」

と、席を立ってやって来る。

「はあ」

どうしようか？

明子が割合のんびりしているのも、いざとなれば、合気道がある、と思っているからである。

ともかく、まず、どこへ行くのかを確かめよう、と思った。

それから、例の「相棒」の手がかりがつかめるかもしれない。

ところが、その中年氏は、外へ出ずにそのままマンションのホールへと入って行ったのだ。

「どこに行くの？」

と、明子は訊いた。

「何だ知らんのか？」

「ええ」

「じゃ、本当に初めてなんだな」

と、中年氏はニヤリと笑った。

「このマンションの中に部屋があるのさ」

「ここに？」

これは有力な手がかりだ、と思った。

マンションであるからには、その部屋の持主がいるはずだからだ。

よし、後で調べてみよう。

エレベーターで四階に上る。

「――四〇二号室だよ」

と、中年氏が廊下を歩きながら言った。

静かだった。どの部屋にも、人がいないのかしらと思うほどである。

「ここだ」

中年氏が鍵を出して、ドアを開ける。「この鍵が三万円とはね。――まあ、入って」

明子は、上り込んだ。

ごく普通の、2LDKぐらいのマンションである。

「ここがいつも？」

と、明子は訊いた。

「ああ。他にもいくつか部屋があるんだ」

「このマンションの中に？」

「あちこちさ。――さあ、時間がない」

いきなり後ろから抱きしめられて、明子はあわてて身をよじった。

「あ、あの――ちょっと――いくら何でもムードが――」

「なるほど」

と中年氏はすぐに手をほどいて、

「じゃ、アルコールをちょっとやろうか」

「そ、そうね……」

明子はホッと息をついた。

どの辺でやっつけるかな。――もう少し聞き出してから。

このおっさん、何度かここを利用しているらしい。

「――さあ、カクテルだ。甘いからね」

とグラスを二つ持って来た。

アルコールなら、明子は少々のことではへばらない。

「じゃ、乾杯だ」

「ええ。――乾杯」

と、明子はグッとグラスをあけた。

頭がクラクラした。足がもつれる。

手から、グラスが落ちた。立っていられない。

「私――どうして――」

明子は、床に座り込んでしまった。

「薬に慣れてないね」

と、中年氏が楽しげに言った。「よく効いたな」

「薬ですって？」

「そう。薬で動けなくなったところで楽しむのが好きでね。――シャワーを浴びて来よう。その間に、君は身動きできなくなる」

口笛を吹きながら、中年氏がドアの一つの向うへ消える。

明子は這(は)って出口の方へ進もうとしたが、一メートルと行かずに、手足がしびれて、動けなくなってしまった。

21　天の助け

さすがに呑気な明子も焦っていた。

バスルームからは、中年男がシャワーを浴びている音が聞こえる。早く逃げ出さないと、体が薬で言うことをきかない内に、思いのままにされてしまう！

畜生、薬を使うなんて、男のくせに、汚ないぞ！

しかし、今はそんな文句を言ってみたところで、助かるわけではない。自分の力で何とか切り抜けるしかないのだ。

さあ、明子、頑張って！

もう一度、必死で這いずってみる。少しだが、体が動いた。

そうよ！　その調子！

しかし、玄関までは、まだまだ距離があった。

男の方はよほどこういうことに慣れているらしい。ちゃんと、動けなくなる程度の薬の量を心得ているのだろう。

居間から体半分ほど這い出たところで、バスルームから男が出て来た。

「――おや、大分頑張ったな」

と男は笑った。「しかし、残念ながら、とても間に合いそうもないね」

ああ、悔しい！　何とか手はないのかしら！

明子は、唇をかんだ。尾形の言うことを聞いて、おとなしくしてりゃ良かったかな。

でも、明子だって、そんないくじなしではない。

自分から危険を承知で飛び込んだのだ。自分で何とか対処しなくては。

「さて、ゆっくり楽しむには、君をベッドの方へと運んで行かなきゃね」

男は、裸にバスタオルを腰に巻いただけというスタイルで、明子の傍に立ってニヤついている。

「さあ、もう諦めろ。——後になりゃ、楽しかったと感謝するようになるさ」

冗談じゃないわよ、誰があんたみたいな——。しかし、明子は、口も思うようにきけなかった。

「さて、どうするかな」

と男は明子を眺めて、「ここで裸にしてから連れて行くか。それともベッドでか。

——やっぱり順序通り、まずベッドへ運ぼう」

男は、明子の体を仰向けにすると、両腕で、明子の体をかかえて、持ち上げようとした。

外国映画で、よく逞しい男性がヒョイと美女をかかえ上げているが、あれは日本の男性には少々危険である……。

「お、割合重いな」

そうよ！　鍛えてあるんだからね！

男が真っ赤な顔をして、エイッ、とかけ声をかけて持ち上げる。

そのとたん、悲鳴が上った。

状況から言えば、ここで悲鳴を上げるのは明子の方だが、実際に悲鳴を上げたのは、男の方だった。

もっとも、いきなり放り出された明子だって、痛さに、ウッと呻いたのだったが。

男の方は、それどころではない。ウーンと唸りながら、床に倒れて、身悶(みもだ)えしているのだ。

明子は苦痛の中でも、一体何が起ったのかしら、と考えた。――男が、腰に手を当てて、唸りながら、喘いでいる。

そうか。「ぎっくり腰」だわ。

こんなときだったが、明子は笑い出しそうになってしまった。だからやめとけ、って言ったのに！

合気道をやっていて、明子も、こういうはめになるといかに苦しいか、よく知っている。

あの様子では、相当にひどいらしい。

当分は動けまい。――そうなると、明子の方が有利な立場である。

明子は薬のせいで痺(しび)れているだけなのだから、効き目が薄れて来れば、元に戻る。

しかし、あの、ぎっくり腰というやつは、そう簡単に治らないのだ。

――薬の効果は、意外に早く消え始めた。十分もすると、手足の感覚が戻って来て、上体を起せるようになった。

相手も何とか動こうとはしているが、苦痛で脂汗を浮かべて、呻いているばかり。

「――天罰よ、いつもこんなことしてるから」

口がきけるようになると、明子は言った。

「頼む……。誰か呼んでくれ……」

と、男は喘ぎ喘ぎ言った。

「前にもあったの？」

「い、いや、初めてだ」

「相当ひどいわね」

と明子が首を振った。「それじゃ当分入院よ」

「ねえ君……お願いだから……あ、いたた……」

「いいわよ、人を呼んでも」

と、明子は肯いて、「でも、誰を呼ぶの？　奥さんでも？」

「おい！　ふざけてる場合じゃ――」

「だって、そうじゃない。救急車を呼んだっていいけど、そうなったら、あなたの家にも連絡が行くのよ。どうして、こんなマンションで、バスタオル一つで倒れてたのか、どう奥さんに説明するの？」

男はハアハア言いながら、

「しかし――じゃ、どうすりゃいいんだ！」

「知らないわよ」

明子は頭を振った。「若い女の子に薬なんかのませて、まともな男のすることじゃないわ」

そして、ゆっくりと手足に力を入れてみる。

――何とか立てそうだ。

「ああ、生き返った」

ソファに腰をおろすと、明子は、息をついた。――天は我を見捨てなかった！

男の方は転がろうとして呻き、起きようとして叫び、本当にひどいようだった。

「こ、こんなことをしていられないんだ！――夕方には会社へ戻らないと……」

男は必死の形相で立ち上ろうとして、アーッと悲鳴を上げ、また転がる。

「会社の方にもまずいでしょうね」

と、明子は愉快そうに言った。「仕事さぼって、こんな所で女子大生と遊んでた、なんてね」

「ね、ねえ、君」

と男は情ない声で言った。「何とか立たせてくれないか。手を貸してくれ」

「無理よ」

と、明子は言った。「そんなにひどいのは、しばらく寝てないと治らないわ。お気の毒ですけど」

「そ、そんな……冷たいことを言わないでくれ！」

「仕方ないでしょ、自分のせいなんだから」

明子は、すっかり手足の痺れも取れて、立ち上ると、ウーンと伸びをした。

「でも見捨てて帰るのも可哀そうね」

と、男の方へ歩いて来る。

「何をするんだ？」

男が怯えたように明子を見上げる。

「たっぷりお礼をさせてもらうわ」

明子が指をポキポキ鳴らした。

「やめてくれ！――触られただけで死んじまうよ！」

「あなた、会社へ行きたいんでしょ」

と、明子は言って、うつ伏せになった男の腰の辺りをまたいで立った。「少々荒療治をするわよ」

「おい！　何をする気だ！――やめてくれ！」

「静かにしてなさいよ」

明子が右足で男の腰をぐいと踏んだから、男の方は、正に断末魔の悲鳴。

「助けて！　人殺し！」

「どっちが、助けてだか……」

明子は苦笑した。「いいこと、我慢するのよ――」

――次の瞬間、男は凄絶な叫び声と共に気絶してしまった。


「いや、何とも恥ずかしいよ」

ソファに腰をかけた中年男、やっと、シャツとパンツを身につけて、頭をかいた。

「どう、腰の方は？」

と明子が訊く。

「うん。大分楽になった。何とかタクシーでも拾って、会社まで行くよ」

「でも、ちゃんと病院へ行かなきゃだめよ。放っとくと、また同じようになるわよ」

「ああ、そうする」

と男はため息をついた。「いや、もうこりごりだ」

「これで、少しは心を入れかえるのね」

「君は変ってるな」

と、男は明子を見た。「どこで、ぎっくり腰を治す方法なんて憶えたんだい？」

「合気道やってるの」

男は目を丸くした。

「手を出さなくて良かった！」

そして、ちょっと戸惑い顔で、「どうして僕と一緒にここへ来たんだい？」

と訊いた。

「あなたに訊きたいことがあってね」

「僕に？」

「教えてくれる？」

「何だい、一体？」

明子は、もう一つのソファに腰をおろすと、言った。

「あなた、ここを何度ぐらい使ってるの？」

「ここ、っていうと――この部屋のことかい？」

「そうじゃなくて、あのおばさんの持って来た話のことよ」

「ああ……。つまり、何度ぐらいあそこを利用してるのか、ってことだね」

「そう」

「そうだなあ」

　と、男は考えて、「五、六回じゃないかな、まだ」

「五、六回ね。――そもそも、どこで知ったの？」

「町で声をかけられたんだ。――夜、飲んだ後だったな」

「声をかけて来たのは？」

「そいつが、よくあるチンピラ風の奴だったら、こっちもごめんこうむるんだがね、一見ごく当り前の主婦なんだよ」

「さっきみたいな？」

「うん、そうなんだ。で、ちょっと話を聞くと、三万円で本物の女子大生だ、っていう。そのときは本気にしてなかったんだ。酔ってたしね。ま、若い子ならいいや、と……」

「で、ついて行ったのね」

「そのときは、渋谷の方のマンションだったな」

「その奥さん風の女って、さっきの人とは違うのね」

「いつも別だよ。どうしてかは、よく知らないけど」

「それで、女の子と楽しんだわけね」

「まあね。――それが、どう見ても本物の女子大生なんだ。しかも可愛くてね。すっかり気に入って……」

「病みつきってわけね」

「そういうことさ」

男は肩をすくめて、「その内、何か、変った刺激がほしくなって――」

「薬で女の子を動けなくさせて、なんて、ポルノ映画の見すぎじゃないの?」

「いや、でも結構喜ぶ子もいるんだ。本当だよ」

「女子大生の方も、いつも違う子が来ていたの?」

「うん、そうだったね。――一時、なぜだか、途切れてて、ちょっとヤバくなったのかな、と思ってたんだけど、また久しぶりに声がかかって――」

「喜び勇んでやって来た、ってわけね」

「そんなところだ」

男は苦笑した。「こんなことになるとは思わなかった」

「この組織のこと、何か知ってる?」

と、明子は訊いた。

「さあね。どうして？」

「それを調べてるの。ちょっと事情があって」

「へえ。じゃ、君はアルバイトのつもりで来たんじゃないのか」

「そうよ」

「どうも、ちょっと様子が違うな、と思ったよ」

「何か知らない？」

男は考え込んだ。

「ウーン、そうだなあ……」

「何でもいいの。どんな細かいことでもいいから……」

「連絡はいつもあっちから会社へかかって来るんだ。仕事の電話みたいに見せかけてしゃべるんだけどね」

「電話をかけて来るのは？」

「男だよ、いつも」

「知ってる？」

「いや、会ったことはない。でも前は、えらい若い感じだったけど、今日は違ってたな」

その「若い男」というのは、白石だったのかもしれない、と明子は思った。

「で、あなたが、その気があると——」

「うん、約束するんだ、何時でどこ、という風にね。そこに誰か主婦らしい女が一人でやって来る」

「でも、あなた、さっきあの女の人を見て、びっくりしてたじゃないの」

「普通は、女の子も一緒だからさ、君は店の入口の所にいただろう」

「あ、そうか。——でも、不思議ね。なぜ、ああいう、普通の奥さんみたいな人が出て来るのかしら?」

「それは僕も考えたよ。たぶん、女子大生に話をもちかけるとき、向うが安心するんだと思うね。変な男が声をかけるよりも、同性の、それも年齢の上の人から言われた方が、何となく安心だろう」

なるほど、そうかもしれない。

しかし、それだけでは、ああいう主婦が、何人も加わっていることの理由には、ならない……。

他に何かあるのだ、もっと……。

「——もう会社へ行く時間だ」

と男は言って、そっと腰へ手をやった。

「立てる?」

「何とか……ね。君には世話になった」

「しっかりして。手伝ってあげるわ」

明子は、男が服を着るのに手を貸してやった。

「何とかなったわね」

「ありがとう。そうだ、君に――」

男は財布を出すと、一万円札を三枚出して、「さあ、これが料金だ」

「あら、いいのよ。あのおばさんに渡す一万円札だけもらえば」

「いや、取っといてくれ。ぎっくり腰の治療代だよ」

明子は――あまりためらわずに受け取ることにした。

男に肩を貸して、部屋を出ると、エレベーターで下へ。

「そうだ」

と男が言い出した。「一つ、思い出したぞ」

「なあに?」

「その案内役の女の一人がね、一度、どたん場で女の子に逃げられてね、あわてて電話をかけてたんだ」

「へえ。どこへ?」

「どこだか分らない。でも番号がね、妙に覚えやすくて――」

「何番？」

明子は、その番号をメモした。しかし、男の方も記憶が曖昧で、局番などははっきりしないのだった。

「どこかの企業の代表局番だろうな」

と、男は言った。

「そうね。一が並んだりして、そんな感じだわ」

どこかで見たような番号である。――どこかしら？

エレベーターが一階につく。

あの主婦が待っていた。

「ご苦労さま。――あら、どうかなさったんですか？」

と、男の方がよろけそうなのを見て言った。

「うん、実はね……」

男は明子の方をちょっと見て言った。「この子、凄くてね、こっちが腰を痛めちまったんだ……」

22　第二のバイト

話を聞いて、尾形は青くなった。

「いいか、よく聞け」

と、明子をにらみつけて、「僕がどうするか教えてやろう」

「このお昼をおごってくれるんでしょ？」

明子は平然とランチを平らげている。

「そうじゃない！　君のお尻を百回、ひっぱたいてやる！」

「あら、そういう趣味があったの？　私ならどっちかというとマゾよりサドの方なんだけど」

「ねえ、君――」

「分ってるわ。でも、食べないと冷めるわよ」

「構うもんか！」

「あらそう」

明子は首をすくめて、「いいわよ、別に。どうせ私が食べるんじゃないから」

尾形はため息をついて、自分の皿に手をつけた。

「——全く、無茶ばっかりして！」

「でも、何でもなかったのよ」

「たまたま、助かったんじゃないか。もし、そいつがぎっくり腰にならなかったら、どうなってたと思うんだ？」

「さあね」

と、肩をすくめて、「過去のことに、『もしも』は無意味よ」

「呑気なこと言って……」

「問題はね、なぜ女子大生の売春に主婦が出て来るか、よ」

「解決の方法は簡単だ」

「あら、そう？」

「ああ」

「教えてよ」

「君は一切の探偵ごっこから手を引く。それで終りだ」

「ねえ、尾形君」

「何だ」

「私があのとき、何を考えてたか、分る？」

「あのときって？」

「体が痺れて、動けなかったときよ」

「知るもんか」

と尾形はふくれっ面である。

「こんなことなら、どうして尾形君にあげておかなかったのかしら、と悔んでたのよ」

尾形の顔に、何ともいえない表情が広がった。

「——本当かい？」

「本当よ」

尾形は微笑んだ。

「ねえ、もっと、食べるかい？　何なら、AランチからCランチまで全部——」

「食べられっこないでしょ」

明子は苦笑した。

「しかし、君の言う、主婦の役割だが……」

「主婦を装ってるのかしら？　でも——」

と、明子は首をかしげて、「どう見ても、本物の主婦だったけど」

「もしかすると、白石は、女子大生ばかりじゃなくて、主婦の売春にも手を出してたのかもしれないいな」

「それは言えるわね」

と明子は肯いた。

「そして主婦たちは、客とホテルへ行くだけじゃなくて、そんな風に、女の子を見付けたりすると、またいくらか手もとに入るようになってたのかもしれない」

「鋭いじゃない」

「からかうな」

と、尾形は明子をにらんだ。

「それと、茂木こず枝との関連……」

明子は、ふと眉を寄せた。「茂木こず枝か――」

「どうかしたのかい？」

「電話番号よ」

明子は、あの中年男から聞いた、やや不正確な番号のメモを見て、「これはきっと会社なのね。もし、茂木こず枝のいた社のものなら――」

「会社の電話は？」

「名前は分ってるわ。白石が一時アルバイトをしていて……」

「すると白石とも接点がある、というわけだな」

「何かありそうね」

と明子は目を輝かせた。「待ってて、電話帳を借りて、調べてみる」

明子はレストランのレジの方へと飛んで行くと、分厚い電話帳をめくった。

少しして戻って来る。

「どうだった？」

「どうもね……」

「だめか」

「何だか、局番がまるで違うの。――下の番号は0と1で、よく似てるけど」

「すると別なんだろう」

「どこの番号かしら？」

「かけてみたら？」

「かけてみたわよ、むろん」

「それで？」

「どれか番号が違うのね。今使われておりません、って返事よ」

「そうか……」

「ともかく、またアルバイトだわ」

と明子が言うと、尾形が、

「やめてくれよ！」

と青くなった。

「ご心配なく」

「心配するよ」

「そのバイトじゃないの。もっとちゃんとしたアルバイトよ」

「へえ」

「茂木こず枝のいた会社に、入りたいと思っているの」

尾形は、諦め顔で、ため息をついた。


「今は求人はしておりませんが」

と、受付の女性は冷たく言い放った。

「分ってますけど、来たんです」

明子がめちゃくちゃなことを言い出した。「ともかく、せっかく来たんですから、追い返しちゃ可哀そうです」

明子の言うべきセリフではない。受付の女性も、仕方なく笑い出してしまった。

「じゃ、ちょっと待って」

と立ち上ると、「総務の人に訊いてみるわ」

「すみません」

明子は、ピョコンと頭を下げた。

押しの一手である。

受付の女性は、すぐに戻って来た。

「——ちょうど、今なら仕事があるってことですよ」

「助かったわ！」

と、明子は飛び上った。

助からないのは尾形だったろう……。

23 哀しげな男

「私、永戸明子は、こんなことをしていていいのだろうか？　有能な人物が、封筒ののり付などをやるのは、社会的損失ではないか？」

――まあ、しかし、アルバイトの身、それも「押しかけ女房」ならぬ「押しかけバイト」なのだから、あまり偉そうな口もきけないのである。

茂木こず枝が働いていた、この会社、まあ「中小企業」という呼び名がふさわしい、パッとしない会社であった。

今どきはやらないタイムレコーダーなどを備えつけ、コピーの機械も、やたらに大きい、旧式なもの。封筒だって、今はギュッと手で押すだけでくっつくのがあるのに、大きなはけで、ベタッとのりをつけて一つずつ封をするのである。

オフィスの十年前、といったTV番組でも見ているような気分だった。

しかし、それだけに、働いている人間も、のんびりしている。

どうも、現代の猛烈なOA戦争、マイコン、コンピューターといったものからは、ポツンと取り残されている感じなのである。

封筒にのりをつけている今は、午後一時半で、当然、午後の仕事は始まっているのだが、何人かの男性社員は、スポーツ新聞などを広げている。

女子社員は、といえば、これはおしゃべりに時を忘れているのだ。

あまり、「充実した時間」とはいえないが、明子の如く、情報収集のためにやって来た人間には、ピッタリの職場とも言えた。

「あんまり精を出さなくてもいいわよ」

タバコをふかしながら、フラリとやって来たのは、どこの会社にも、たいてい一人や二人はいる、「主」のような女性。

四十代か五十代か、見分けのつかない化粧をして、女の子たちににらみをきかせている。――社長だろうが部長だろうが、何だってのよ、って感じである。

「はい」

ちっとも精を出してなんかいなかった明子は、少々後ろめたい思いで、でも言われるままに手を休めた。

「うちはバイト料も安いんだからさ、それくらいのことをやっときゃいいの」

と、大欠伸をする。

「はあ」

「よくうちなんかで働く気になったわね」

「別に、どこでも同じようなものかと思って――」

「大違いよ、あんた」

と手を振って、「普通の所なら、バイト料はうちの一・五倍よ。あんたも、よそを捜した方がいいよ」

やれやれ、こういう人にかかっちゃ、会社も大変だな、と明子は思った。

「今はいい稼ぎ場所があるじゃないの」

と、その「主」は続けて、「ソープランドとか、ノーパン喫茶とかさ。あんたなんか、結構可愛い顔してんだし、そっちでガバッと稼いだら？」

まさか、このおばさんまで、売春の仕事をしてるわけじゃないだろうな、と明子は思った。

いや、そんな感じではない。一見怖そうだが、実際は——やっぱり怖いのだ。

しかし、こういう人は、結構、若い人の相談相手になったりもする。

大体、この手の人は二通りで、底意地が悪くて、若い子たちに嫌われるか、口やかましいが、その割に頼りにされるかだ。

この人の場合は、いい方じゃないのかな、と明子は思った。

「ここはね、三時から三十分間休めるのよ」

と「主」は言った。

「え？　でも、そんなこと、説明されませんでしたけど」

「当り前よ。これは慣例、ってやつなの。既成事実よ。——社長だって、何も言わないのよ」

「へえ」

「だから、バッチリ休んで構わないのよ」

と、ウインクして見せる。

「また、八田さんは——」

と、若い男の声がした。「だめですよ、純情な若い女の子に、そういうことを教えちゃあ」

やって来たのは、声の印象ほど若くもない、三十前後の、こんな会社にしては、ちょっと目につく、いい男だった。

「よっ、色男」

と、八田、と呼ばれたその「主」が、からかった。

「早速若い子の所へ寄って来たね」

「人聞き悪いなあ」

と、その男は苦笑した。

丸顔のポチャッとした、童顔で、目がクリッとして可愛い。

しかし、あまり明子の好みではなかった。

「僕は丸山。――このおばさんは、八田吉子っていうんだ。あんまり近寄らない方がいいよ。売れ残り病が移るからね」

「何よ、こいつ！」

と、八田吉子が殴るふりをする。

適当にじゃれ合っている感じなのだ。明子は笑ってしまった。

「永戸明子です」

「丸山君はね、三十になって独身なのよ。プレイボーイの評判高いの。――気を付けなさい」

「噂だけですよ」

丸山はタバコに火を点けた。

「あんた大学生？」

と、八田吉子が、明子に訊く。

「ええ。でも、停学処分を食らっちゃって――」

「へえ！　何をやったの？」

「強盗か、殺人か――」

「まさか」

と明子は笑って、「自殺未遂なんです」

と言った。

「まあ！　その若さで、もったいない！」

これは明子の、もちろんでたらめである。

何とか、茂木こず枝のことへ、話を持って行きたいので、創作したのだった。

「どうしてまた……」

「正確に言うと、心中未遂なんです」

と、明子は言った。

「まあ、今でも心中する人なんているの！」

と、八田吉子は感心したように言った。

「私も、カーッとなってたもんですから」

「で、相手は？　死んだの？」

「いいえ、二人とも大したことなくて。睡眠薬服んだんですけど、今の睡眠薬って、そう死なないんですよね。——結局、見付かって大騒ぎ」

「で、その彼とは？」

「変なもんで、そんなことがあると、フッ切れちゃうんです。別れて、今は未練もありません」

ウム、なかなか名演技である。明子は自分でも感心していた。

さり気ない哀しさ、というのは、なかなか出せないものである。——私、女優にな
ろうかしら、などといい気になっている。

「そうよ。男なんて、どれも似たり寄ったりで、大したことないの。それを悟ると、
私みたいに『独身も楽し』ってことになっちゃうのよ」

と、八田吉子は言った。

ふと、明子は、丸山が、目をそらしているのに気付いた。

どこかわざとらしい。話を聞いていないふりをしているようだ。

「この会社だって、あのこず枝さんがさ——」

と八田吉子が言いかけると、

「八田さん、だめですよ」

と、丸山が遮った。「社長から、しゃべるなと——」

「何よ、あんなカボチャ」

カボチャ？——社長をカボチャとは、大したもんだ。

「こず枝さんって？」

と、明子が訊く。

「茂木こず枝、ってね、ここの社員だったのよ。ところが自殺。——ほら、結婚式場
で花嫁衣裳のまま死んでいた、って、記事、見なかった？」

明子は、少し考えるふりをして、

「——ああ、憶えてますわ。ウエディングで死んでいたんでしたわね。じゃ、ここの方だったんですか？」

「そうなのよ。もしかしたら他殺かも、なんていわれてね、警察が来て、何だかんだ訊いて行ったりして、大変だったのよ」

「そうでしょうね」

と、明子は肯いた。

「あ、そうだ、電話をしなきゃ」

と、丸山が、ちょっとわざとらしく言って、席へ戻って行く。

どうやら、丸山と茂木こず枝の間に、何かあったらしい。

明子のアンテナは、鋭く第六感を働かせていた。

「そのこず枝さんって方は、やっぱり失恋だったんですか」

と、明子は訊いた。

「さあ、それが分らないのよ」

と、八田吉子は首を振った。「私も、そういうことはよく知ってるんだけどね。でも、あの子は、割合にいつも一人でいる子だったわ」

「お友だちでもいれば違ったんでしょうけどね」

「そうね。やっぱり、あれこれ推測が飛んでたけど、きっと、許されない恋に身を焦がしてたんじゃない？」

八田吉子の口から、思いもかけず、ロマンチックな表現が出て来て、明子はびっくりした。

働いていると、一日は短い、とよく言われている。

しかし、明子のこの一日は、至って長かった。――あまり熱心に働いていなかったせいかもしれない。

「ご苦労様」

と、隣の席の女の子が声をかけて来た。「真直ぐに帰るの？」

「いえ、別に、どうでも――」

「じゃ、ちょっと飲んでかない？」

「お酒ですか？」

「コーヒーとケーキ」

と言って、クスッと笑う。

なかなか、気さくな感じの女の子だった。

「――茂木さんって変ってたのよ」

と、その女の子――小沼宏子は、ケーキを食べながら言った。

——会社の近くのケーキ屋。二階が、喫茶になっているのである。

「変ってるって？」

「どう言ったらいいのかしら……。つまり変ってるのよ」

明子はため息をついた。——今の若い世代の表現力の貧しさたるや！

「恋人って社内の人だったのかしら？」

「そう思うわ」

と、小沼宏子は肯いた。

「よく分るわね。八田さんは、分らないって……」

「私、電話を取るもの」

と、小沼宏子は言った。

「え？」

「外からの電話を取るの。だから、男性からかかって来れば、私には分るのよ」

「ああ、なるほど。で、茂木さんにはかかって来なかったのね？」

「そう。といって、彼女、休み時間にも、外へあまり出なかったから、自分からも電話してないわけでしょ。——男とそんな深い仲になって、一回も電話のやりとりがないなんて考えられないわ」

これは、なかなか、説得力のある意見だった。

座席からは、ちょうど会社の入っているビルの出入口を見下ろすことができた。

ちょっと話が途切れて、何気なく外を見た明子は、あの丸山という男が、出て来るのを目に止めた。

あの人、きっと何か知っている。

「あっ！」

と、明子は突然、声を上げた。

びっくりした小沼宏子が、ケーキをつまらせてむせ返る。

「ごめんなさい！　大丈夫？」

「ええ——何とか」

「ちょっと、約束があったの、忘れてた。悪いけど失礼するわ」

代金を置いて、まだむせている小沼宏子を残し、明子は表に飛び出した。

24　運命の皮肉

どこへ行くんだろう？

明子はいい加減くたびれてしまった。

ずっと丸山の後をつけているのだが、一体どこへ行くつもりなのか、さっぱり分らないのだ。

バーへふらりと入ったと思うとすぐに出て来るし、かと思うと、女の子ばっかりの甘味喫茶へ入ったり、次は焼鳥屋を覗いたり。

——どうやら、誰かを捜しているらしいのだが、ちょっと様子がおかしかった。

コートをはおって、えりを立て、顔を、半ば埋めるようにしている。

そして背中を丸めて、うつ向き加減に、顔を見られないようにしながら、歩いているのだった。

秘密めいている。——ちょっと明子は興味が湧いて来た。

スナックやバーがひしめき合っている細い通りを尾行していると、フッと丸山の姿が見えなくなってしまった。

「あれ？」

と、キョロキョロ見回してみるのだが、どこにもいないのだ。

とすると、この近くの店に入ったに違いないのだが……。

明子は、手近なバーを覗いてみた。

いない。では、その隣。やはり、いない。

――残るは一軒だけだ。

ちょっと重々しいその扉を引いて、中へ入る。

――明子は、やや戸惑った。

いやに静かなのである。他のバーとはまるで違う。

そして、笑い声だの、カラオケだのも一切聞こえず、店の中は割合と広いのに、薄暗くて、よく見えないのである。

「――何か用？」

とやって来た女を見て、明子は、ちょっと妙な感じがした。

「あの――人を捜して――」

「じゃ、入ったら？」

「どうも……」

カウンターには客の姿がなく、みんな、テーブルの方にいるらしい。

そしてテーブルは一つ一つ、仕切りがあって、見えないようになっているのだ。

こりゃ、何だか妙な所へ来ちゃったわ、と明子は思った。

「ねえ、誰を捜しに来たの？」

と訊かれて、

「ええ、あの——」

と、相手の顔を見る。

目を見張った。——男なのだ！

化粧をして、髪も染め、ホステス風のスタイルだが、男だ。

そうか。ここはそういう店なのだ。

丸山がここへ入って来たとしたら……。

「おい！」

怒ったような声がした。振り向くと丸山が立っている。

「何しに来たんだ！」

仕方ない。これじゃ、さり気なく話を切り出すわけにもいかない。

「お話があるんです」

と言った。

「何だ？　君は一体——」

「茂木こず枝のことで」

丸山の顔色が変った。

「そうか」

丸山は、公園のベンチに腰をおろしながら言った。

「じゃ、君は、彼女の死について調べているんだね」

「そうです。――何か知っていたら、教えて下さい」

明子は、丸山が、考え込んでいるのを、じっと見ていた。――どことなく、哀しげな光景である。

「しかし、僕はよく知らないんだよ」

と、丸山は言った。「本当だ。――確かに、彼女とは仲が良かった。でも、恋人同士とか、そんなことじゃなかったんだ」

「じゃ、どういうことで……」

「僕は、君もさっき見た通り、女性と話はできても、愛するということはできない。そういう人間なんだ」

「で、こず枝さんとは――」

「彼女も、どちらかといえば、無口で、孤独なタイプだった。よく、オフィスでは話もしたよ。――その彼女が、一年くらい前かな、僕に相談したいことがある、と言って来たんだ」

　明子は肯いた。

「僕はちょっと心配になった。もし、彼女に愛してるとでも言われたら、と思ってね。

――彼女がとてもいい人だったから、余計に心配だったんだ」

「何となく分ります」

「彼女の話を聞いて、僕はびっくりした。――彼女は僕のことを、よく知ってたんだ。

でも、今まで通り友だちでいてほしい、と言った」

「相談っていうのは？」

「うん。で、彼女は、妻子持ちの男と恋をしている、と打ち明けてくれたんだ」

「妻子持ちの男……」

「名前は言わなかった。そして、彼が必ず奥さんと別れて、結婚してくれる、という
んだ」

　丸山は首を振った。「怪しいもんだ、と思ったが、そうは言えなかった。――彼女
は相手を信じ切っていたんだよ」

「気の毒に……」

「で、彼女は、その男と付き合っていることを、会社の他の人たちに知られたくない、
というんだ」

「当然でしょうね」

「で、僕と表向き、付き合っていることにしてくれないか、と言った。僕の方も、それぐらいなら構わない、と承知したんだ。——彼女は涙を流さんばかりにして喜んでいたよ」

「それで、一応恋人同士ということに？」

「しかし、何も、わざわざ宣伝することもない。だから、もし、どうしても仕方ないときだけは、そういうことにしよう、と決めたんだ」

「それで、みんなあまり知らなかったんですね？」

「そう。——彼女の恋は、しかし、うまく行ってなかったようだったな」

「つまり、相手の男が——」

「いつまでも、はぐらかして逃げていたらしいよ。彼女も、段々男が信じられなくなって来て、よく僕と二人のときに泣いていたよ」

許せない！

明子は怒りが湧き上って来るのを感じた。

「あの日——つまり、彼女が死んだ日だね、あの前の日に、彼女と会っていたんだ」

「何か言ってましたか」

「ずいぶん明るい表情だったね。——僕に『私、目が覚めたわ』と言った。『もう、あんな人のこと、忘れるわ』ともね」

「そうですか」

「僕も、その方がいい、と言ってやった。まさかその次の日に……」

丸山は、ため息をついた。「ショックだったよ。彼女を愛していたわけでは、もちろんない。でも彼女は本当にいい人だった」

明子は、丸山の横顔を見ていた。

――嘘ではあるまい。

「よく分りました」

と、明子は言った。「相手の男のことで、何か憶えてません？　どんな細かいことでもいいんですけど」

「さあねえ……」

と、丸山は首をひねった。「あんまり話さなかったからね、彼女は」

「そうですか……」

明子はがっかりした。

「でも――」

「え？」

「何か言ったような気もするな。――何だったかな」

丸山は考え込んでいた。「何か、その男の職業……。仕事のことを言ってたな」

「どういう仕事でした？」

「それが、よく憶えてないんだ。何だか、『こんな仕事をしてるなんて、皮肉なもんだわ』って言ったのを憶えてるよ」

「皮肉？——そう言ったんですか？」

「うん。それはよく憶えてるんだ。しかし——何の仕事だったかな。どうしても思い出せない」

「そうですか」

明子は、無理に押さないことにした。「じゃ、もし思い出したら、ぜひ電話をして下さい」

「うん、分った。僕も、あの相手の男には、何とか思い知らせてやりたいからね。頑張ってくれ」

「ええ、必ず見付けてやります」

と、明子は言って立ち上った。

「あ、そうだわ」

「まだ何かある？」

「いえ、アルバイト、すみませんけど、一日でやめることにしました。そう伝えといていただけません？」

と、明子は言った。

明子は家へ帰ると、自分の部屋のベッドにゴロリと横になった。

謎はいよいよ深まるばかりである。

しかし、あの丸山から、もし、男の仕事でも分れば、手がかりになるかもしれない。

それにしても、「皮肉」というのは、どういう意味なのだろう？

信じ続けて裏切られた茂木こず枝。

これは正に殺人以上に罪が深い、といってもいい。

「――明子」

母の啓子が、声をかけて来た。「お電話よ」

「誰から？」

「佐田さんっていう人」

佐田？――佐田房夫だ！

「男の人？」

「いいえ女の方よ」

すると千春からだ。

明子は急いで部屋を飛び出した。

「――もう少ししとやかにしなさい!」

啓子の言葉は、とうてい追いつかなかった。

25　千春との再会

この文字を見ると、明子は何となくホッとする。

といって、明子がいつもそんな店のお世話になっているわけではないが、ともかく、何時に閉まる、というのでなく、

「いつも開いている」

という点が、安心感をもたらすのである。

しかし、その手の店が、「味は二の次」となるのもまた仕方のないところだろう。

明子は夜、十二時十五分前に、ファーストフードの店へと入って行った。

ハンバーガーだの、フライドポテトなんかを売っている、若者向けの店だ。

中を見回す。——まだ佐田千春は来ていなかった。

十二時の約束だ。少し早かったな、と明子は思った。

「いらっしゃいませ」

カウンターで、男の店員が眠そうに声をかける。

「あ、えーと、ハンバーガーとコーヒー」

ちゃんと夕食は取ったのだが、何か頼まないと悪いような気になっているのだ。そういう点、明子は意外と(?)気が弱いのである。

他には、いいトシのおじさん風の客が一人いるだけ。静かなものだった。

椅子に座って、電子レンジで温めたハンバーガーをパクつく。

もちろん、高級フランス料理と比較はできないが、この手のものには、それなりのおいしさがあるのだ。

「それにしても……」

と、明子は呟いた。「二十四時間営業で年中無休。入口のシャッターは、何のためについているんだろう?」

あまり大した問題でもなかった……。

千春は、電話で、何一つ詳しいことを言ってくれなかった。ただ、

「ごめんなさい、この間は、失礼なことしちゃって」

と、明子を放り出したことを詫びてから、「お話があるの。今夜十二時に、交差点の角の——」

つまり、この店に来てくれ、ということだったのだ。

何だか話し方からして急いでいるようだったので、明子も、しつこくは訊かなかった。ここで会えるのなら、ゆっくり話ができるだろう。

ダダダ、と機関銃みたいな音がして、店の前に、オートバイが停った。

暴走族の見習いのなりそこないみたいな、高校生ぐらいの男の子が三人、やたらいきがって入って来る。

そしてハンバーガーをパクつきながら、店の中を眺め回し――運の悪いことに――明子に目を止めたのだった。

「おい、姉ちゃん」

と、一人が寄って来た。「一人かよ？」

「二人に見えるんだったら、眼科へ行った方がいいわよ」

と、明子が言った。

「言ってくれるじゃないか」

と、笑って、「なあ、どうせヒマなんだろ。付き合えよ」

明子は放っておくことにして、コーヒーを飲んだ。

――もうすぐ十二時だ。

「おい、口がきけねえのか」

と、ちょっかいを出して来る。

「うるさいわよ、坊や」

と、明子は言ってやった。

「何だと？」

サッと顔色が変る。「おい、『坊や』だって？　俺たちをなめんなよ」

「猫じゃあるまいし」

と、明子はニヤリと笑った。「猫ならきっと喜んでなめてくれるわよ。ミルクの匂いがするから」

「この野郎――」

三人で明子を囲むように立つと、

「おい、ちょっと顔貸しな」

と来た。

やれやれ……。

明子は、食後の運動にいいかしら、などと考えながら、立ち上った。

「外でゆっくり話そうじゃねえか」

「忙しいのよ。あんまり時間ないわ」

「こっちはたっぷりあるぜ」

明子は肩をすくめて、さっさと表へ出た。三人があわててついて来る。

振り向きざま、明子は先頭の一人の腕を、ぐい、とつかんだ……。

「お先に失礼します」

店の奥から出て来たのは——千春だった。

「今、出ない方がいいよ」

と、客の男が言った。「女の子が不良にからまれてる」

「まあ」

千春は、ちょっと不安そうに眉を寄せた。「まさか、永戸さん——」

と呟くと、明子が入って来る。

そして、千春を見て目を丸くすると、

「あ！　それじゃ、十二時って言ったのは——」

「ここの勤務が十二時までなの」

と、千春は言った。

「何だ、そうだったんですか」

と、明子は笑って「でも——もういいんですか？」

「ええ。じゃ、出ましょうか」

と、千春はカウンターから出て来て、明子と一緒に外へ出た。

ウーン、という唸り声に周囲を見回すと、何やら男が三人、あちこちに倒れて、唸っているのだ。

「どうしたのかしら？」

と千春が言った。

「たぶん、ハンバーガーにでも当ったんじゃないかしら？——さて、行きましょうよ」

と、明子は促した。

よくまあ似たようなアパートがあるもんだ、と思うほど、前のアパートそっくり。

「ご主人は？」

と、上り込んで、明子が訊いた。

「私一人」

千春がお茶を出しながら、「あの人、行方不明なの」

と、大して心配そうでもない様子。

「へえ」

明子は、ちょっと目をパチクリさせた。「いいんですか、放っといて？」

「自分から行方不明になったんだから、仕方ないでしょ」

「自分から？」

「隙をみて、屋敷から抜け出したのよ、二人で。で、あの人を公園に待たせといて、私はアパートへ戻ったの。色々と大事な物だけ持って、公園に帰ってみると――」

「いなかったんですか?」

「そういうこと。――あの人、何を考えてるのかよく分んない所があって」

その点は、明子も同感だった。

「で、それきり?」

「ええ。――その内、前のアパートに帰って来るでしょ」

千春は、至って呑気なものである。

妙な夫婦だ、と明子は首をひねった。

「あなたの――茂木こず枝――といったっけ、死んだ女の人」

「ええ」

「調査の方は進んでるの?」

「うーん、何というか……。いくつか手がかりはあるんですけどね」

明子としても、その程度のことしか言えない。

手がかりらしきものも、てんでんばらばらで、何ともうまくまとまらないのである。

「でも、ともかく、何とか突き止めてみせますわ」

と、明子は肯きながら言った。「そうでないと、あの人が哀れですもの」

「そうねえ。女を、『妻とは別れるから』って騙し続けるなんて、本当に残酷なことだわ」

「ああ、そうだわ」

と、明子は思い出した。「この間、お宅から叩き出されたとき、妙な人に会ったんですよ」

「妙な人って?」

「あの屋敷と土地の持主だとか自称していて……」

千春が、一瞬青ざめた。

「もしかして——その人、中松進吾っていわなかった?」

「ええ、そう言ってました。千春さんと婚約しているとかいって……」

千春は頭をかかえるようにして、

「ああ——まだそんなこと言ってるのか……」

と呟いた。

「あの人、ちょっとおかしいんですか?」

「いいえ」

と、千春は首を振った。「大分、おかしいの」

なるほど、と明子は肯いた。

翌日は、昼ごろやっと起き出した。

何しろ帰ったのが午前三時だ。それでも、寝不足なのである。

「一体、何をしてるの？」

母の啓子は、半分諦め顔で文句を言った。

「まあ、色々忙しいのよ」

「危いアルバイトでもしてんじゃないでしょうね」

「危いアルバイトって？」

「ソープランドとか、売春とか。――ああいうのは危いわよ」

「まさか私が――」

と、明子は笑ったが、内心ヒヤリである。

捜査のためとはいえ、その真似事はやったわけだ。

「そりゃ、大丈夫だとは思うけどね」

と、啓子は真顔で、「でも、今は男の人も女なら何でもいいって人がいるみたいだから……」

「どういう意味、それ？」

明子が少々頭に来て言うと、ちょうど仲裁にでも入るように電話が鳴った。

啓子が出て、

「――あ、どうも、尾形さん。――ええ、おります。やっと起きたところなんですよ。何しろゆうべなんか――」

明子はあわてて受話器を引ったくった。

「ああ、私よ。――え?」

「また危いことをやってるんじゃないのかい?」

「いいえ、とんでもない」

と、澄まして答える。

「怪しいもんだな。――ともかく、一ついい知らせがあるんだ」

と、尾形は、ここでぐっと改まって、「当大学としては、永戸明子の停学処分の解除を決定したので、申し伝えます!」

「え? 解除?」

「そう。大分苦労したんだぜ、僕も駆け回ってさ」

「そう……。良かったわね」

と、まるで他人の話みたい。

「ちっとも嬉しくなさそうだね」

「いいえ! そんなことないけど」

「明日からは講義に出てもいいよ」

「そうね。でも――ちょっと忙しいの。これが片付いたら、出るようにするわ」

「おい、君ね――」

「ねえ、今日、例のバイト先に行ってみるつもりなの。結婚式場の方よ。あなた、どうせヒマでしょ？　来ない？」

「どうせヒマとは何だ！　講義があるんだよ、僕は」

「あら、よかったら式場の予約でもしようかと思ったのに。――じゃ、またね」

「おい、何だって？　おい！」

明子はすげなく、電話を切った。

26 人違いのナイフ

「なるほど」

と、肯いたのは、検死官の志水である。「大分、活躍したようですな」

「危いこともやったようだね」

と、社長が愉快そうに言った。「いや、君は実に面白い女の子だね。大学を出たら、ぜひうちへ来てくれ」

「いや、婦人警官にぴったりです」

と、志水。

時ならぬ「スカウト合戦」に、明子は、あせって、

「今、そんなお話をされても――」

――ここは、結婚式場の社長室である。

志水の方から、その後どうなったのか気にして電話があり、明子の方も、「中間報告」をしようと、やって来たわけであった。

「ともかく、茂木こず枝が、誰か妻子ある男と付き合っていたということは、勤め先の同僚、丸山の話で明らかなんです」

と、明子は言った。

「しかし、そうなると、この式場で死んだことにどういう意味があったのかな」

と、社長が顎をなでながら言った。

「そうなんですよね」

「つまり、当日、式をあげた人とは関係ないということになるかな」

と、志水が考え込む。

「それはどうでしょう。ともかく、佐田房夫って人が、茂木こず枝の名に聞き憶えがあるのは確かなようですし」

「それが不思議だね」

「それに白石紘一が殺されたこと」

「何か関係があるのかな」

「分りません」

と、明子は首を振った。「でも、この事件が起って、とたんに殺されたというのも、おかしくありません?」

「うん、それはそうだな」

と、社長が肯く。

「その女子大生の売春のことと、何か関係があるんでしょう」

と、志水が言った。「その白石という男の検死をした検死官に、一応話を聞いてみました」

「何かおっしゃってましたか？」

「刺し傷は至って鮮やかだったそうでね」

「というと――」

「つまり、これは半ばプロのやったことじゃないか、というんですな」

「プロ。――つまり、殺し屋ですか？」

と、明子は目を丸くした。「そんなの本当にいるのかしら」

「いや、別に『殺し屋』でなくたっていいんです。いわば、刃物を扱いなれた人間、ということですよ」

「となると、やはり、白石という男は、その売春がらみで殺された、というのが正解だろうね」

と、社長が肯く。

そこへ、ドアが開いた。

「社長、実は――」

と顔を出したのは、部長の村川である。

明子を見て、ちょっと面白くなさそうな顔になる。

「何だ、君か」

「何だ、部長か」

明子が言い返すと、社長が吹き出してしまった。

「ちょっと待ってくれ。すぐに行く」

「はあ……」

村川は、明子をにらんで、出て行った。

「じゃ、私は――」

と、社長が立ち上る。「会議があるので、失礼する」

「どうも」

明子はちょっと頭を下げた。「あの――このまま、捜査を続けてよろしいでしょうか」

「うん。やってくれ。もっとも、あんまり危険なことをやってもらっても困るが」

「大丈夫です！」

「じゃ、栄養をつけてくれ」

と、社長は、ポケットから券を一枚出してサインすると、「ここの食堂なら、何を食べてもこれでいいよ」

「ありがとうございます！――一回限りですか？」

と、明子は訊いた。

志水と明子が社長室を出て、食堂のあるロビーの方へ歩いて行くと、

「おい！」

と、声がかかった。

振り向くと、尾形が急ぎ足でやって来るところである。

「あら、講義じゃなかったの？」

「君が変なことを言うからだ」

と息を切らしている。

「私、何か言ったっけ？」

「予約がどうとか――」

「ああ、あれね！」

と、明子は指を鳴らした。「ちょうどお昼を食べるのにね、テーブルを予約しようかと思って――」

「また、僕をからかったな！」

と、尾形は明子をにらんだ。「授業を休んで来たのに」

「じゃあ、一緒にどう？　タダなんですって、この券持ってくと」

尾形も、こうなると怒るに怒れない。惚れた弱味、というところである。

——レストランに入って、明子は、ウエイトレスへ、

「ここで一番高いものは何ですか？」

と訊いた。

尾形はもう昼食は済ませて来たので——何しろ午後の二時だ——コーヒーだけを取った。

志水は楽しげに二人のやりとりを眺めている。

——尾形も、明子の話を聞くと、

「ふーん」

と肯いた。「その茂木こずえの言った、『皮肉な』仕事って何だろうね？」

「分らないの、それが。ねえ、何か考え、ない？」

「そう言われてもね……」

「それと、白石紘一殺しとどう関り合っているかが問題なのよ」

ちょうどステーキが来て、明子はそれにナイフを入れ始めた。

明子はステーキを全部切ってしまってから食べる、という癖がある。

これはいい食べ方ではないのだ。おいしい肉汁が、全部出てしまうからである。

しかし、どうも、一回ごとにナイフを使うというのが面倒なのだ。

肉を切り終えると、明子はナイフを置いて、フォークを右手に、食べ始めた。

「大した食欲だね」

と、尾形が苦笑した。

ちょうど、そこへ、若い女性と、中年過ぎの男性が入って来て、三人と少し離れたテーブルについた。

尾形は、何となくそっちを眺めていた。

若い女性の方は、椅子に浅く座って、メニューを開いている。

そのとき、奥の方のテーブルから、男が一人、立ち上った。そして出口の方へと歩いて行く。

若い女性の後ろを通り抜けるとき、ちょっとその男の足が止った。

――そして、急に足を早めてレジへ行くと、

「つりはいい」

と言い捨てて、伝票と金を置いて行ってしまう。

「おかしいな……」

と、尾形は呟いた。

「じゃ、私、このランチにするわ」

と、若い女性が言って、椅子に座り直そうとする。

「危い！」

と叫ぶなり、尾形は、明子の使ったナイフをつかんだ。

ナイフが宙を走った。

「キャッ！」

若い女性があわててテーブルに突っ伏す。ナイフがその頭上を越えて行った。

「何をするんだ！」

と、一緒にいた男が立ち上る。

「その椅子です！　もたれかかっちゃいけない！」

尾形が飛び出した。

「え？」

若い女性が振り向いて、「まあ！」

と叫んだ。

椅子の背を突き抜けて、鋭いナイフの刃が十センチも出ていた。

「もたれたら、刺さっていましたよ」

と、尾形が言った。

明子も駆けつけて、目を丸くする。

「どうなってるの？」

「今、出て行った男だ」

尾形は駆け出した。もちろん、明子もである。

ロビーには、大勢人が出ている。ちょうど一つ、披露宴が終ったところらしい。

「——やれやれ、これじゃ無理だな」

と、尾形は息をついた。

「でも、凄いじゃない！」

と、明子は尾形をつついた。「どこでナイフ投げを憶えたの？」

「よせやい」

と、尾形は顔をしかめた。「夢中で投げただけさ」

「でも、人助けしたじゃないの」

「まあね……」

「どうして狙われたのかしら？」

と明子は言った。

戻って、話を聞いてみたが、一向に思い当らない様子。

「——それはどうやら、人違いですな」

と、声をかけて来たのは志水だった。

「え？　人違い？」

と、明子は訊き返す。

「そう。きっと狙われたのは、あなたですよ」

「私が？」

「あなたと私は二人でここへ来るところでした。ところが途中で、こちらの尾形さんが加わった」

「そうか！」

尾形が声を上げた。「それで、こちらの二人連れの方が――」

「じゃ、私を殺そうとしたの？」

明子は、今さらながら、ゾッとした。

しかし――確かに分らなくはない。

この二人連れ、年齢など、明子と志水の二人に良く似ているのだ。

「よし、このナイフだ」

尾形はハンカチを出して、ナイフを抜き取った。

「警察へ届けないと」

「そうだ。このナイフから、きっと何かつかめるよ」

「それにしても、どうしてこんな所で――」

と明子は首をひねった。

間違えられた二人は、わけも分らず、ただキョトンとしているばかりだった……。

27 皮肉の結論

「間違ってたわ」

と、明子が言った。

「そうだ」

尾形が肯く。「大体君がこんなことに首を突っこんだのが間違いだ」

「違うのよ。私たちの捜査方針が、間違ってたのよ」

「『私たちの』じゃない！　君の捜査方針だ」

「あらそう」

明子はむくれた。

「まあ、落ちついて」

と、志水が笑いながら言った。「ともかく無事だったんですから――」

「冗談じゃないですよ」

と、尾形は仏頂面である。「無事でなかったら大変だ」

――ここは再び社長室である。

警察も駆けつけて、ナイフを調べるべく持って帰った。

肝心の犯人だが、どうも、はっきり顔を憶えている人間が一人もいなくて、

「中肉中背の、若いか中年の男」

という、これより漠然とは言いようのない表現になってしまった。

「しかし、困ったもんだ」

と、社長もため息をつく。「この式場で、人は死ぬわ、刺されそうになるわ……。あまり続くと、お祓いでもしてもらわんと、客が来なくなる」

「でも、今の人、そんなこと気にしませんわ」

と明子が言った。

「そうかね?」

「ええ、お祓いにかける分を、値引きしてあげたら、もっと喜びます」

「なるほど、そんなものかもしれんな」

と、社長は肯いた。「ところで、君が間違ってた、というのは、どういう意味だね?」

「忘れていたってことです」

と、明子は言い直した。「そもそもの事件はここ、、から始まったんです。だから、ここに戻って調べ直すべきなんですわ」

「分ったようで分らんな。——何のことを言っているのかね?」

「最初の茂木こず枝は、自殺かもしれない。確かに、死へ追いやられた、という意味では他殺とも言えますけど、犯人はそばにいなくてもいいわけです」

「それはそうだな」

「そうなると、直接、誰かが手を下した殺人は、保科光子さん、そして白石紘一、それに私……」

「君は生きてるじゃないか」

と尾形が言った。

「残念そうな口ぶりね」

「いや、そんなことは……」

明子ににらまれて、尾形は、あわてて目をそらした。

「その三つの事件には共通点があるんです」

「そうか」

と、志水が肯いた。「ナイフだね」

「そうなんです。しかも、三つとも、とても鮮やかな手口です。今度だって、もし成功したら、犯人はとても捕まらなかったでしょう」

「失敗したけど、捕まってないよ」

「分ってるわよ！――この三つの事件、ちょっと偶然とは思えません」

「同感だな」

と、社長が言った。「これはきっと同一犯人の犯行だ」

「そうなると、私たち、もっと最初の犯行――保科光子さんが殺された事件を、よく調べてみるべきだったと思うんです」

「なるほど」

社長は、志水の方を見て、「あの事件の捜査はどうなってるんです?」

と訊いた。

「今のところ、手がかりがないようですな。お恥ずかしい限りですが」

「何か恨みを買っていたとか――」

と尾形が口を挟む。

いくらか興味を覚えて来たようだ。明子は、しめしめ、というように、横目で尾形の方を見た。

「男関係などを中心に洗ったようですが、何も出て来なかったらしい」

「古いんだよね、警察って」

と明子が暴言を呈した。「発想が三十年は遅れてる」

「それはあるかもしれませんな」

と、志水は愉快そうに言った。

「通り魔的犯行とか、そんなことじゃ、解決にはならないと思います。やっぱり、これは一連の事件の一つと考えるべきですわ」

「すると、なぜ彼女が狙われたのか」

尾形は明子を見て、「君と間違えられたとは思えないね」

「彼女、三十よ。私は二十一！」

「分ってるよ」

尾形は、あわてて少し体をずらした。

「そうなると……」

「あのお弁当箱かしら？」

保科光子が、明子に預けた、包みの中身である。ごくありふれた弁当箱で、中は空っぽだった。

「うん、そうだな」

と、社長は肯いた、「他には考えられん」

「でも、何の変哲もない弁当箱だったけど……」

「彼女の手紙があったね」

「ええ。〈私の身に万一のことがあったら、開けてくれ〉とありました」

「すると、やはり、あの弁当箱には、何か秘密があるのかな」

「それ、どこにあるんだい？」

と尾形が訊いた。

「うちにあるわ。警察に届けたって、笑われるのがオチだし」

「よし、じゃ一つ、調べてみようじゃないか」

「持って来るわ」

明子が張り切って立ち上る。

「ついて行くよ。またナイフで狙われでもしたらことだ」

尾形が、ナイトよろしく、ついて社長室を出る。

「あなたも、大分乗って来たわね」

廊下を歩きながら、明子が言うと、尾形はむずかしい顔で、

「早く解決しないと、君が講義に出席しないからだ！」

と言い返した。

「無理しちゃって」

と、明子はゲラゲラ笑った。

尾形はため息をついた。――どうして俺はこんな女の子に惚れちまったんだろう、とでも嘆いているかのようだった……。

調べれば調べるほど、どことい って変った所のない弁当箱だった。

「──二重底にもなっていないようだな」

と、尾形は言った。

再び社長室、一時間後。顔ぶれも同じで、違っているのは、明子の主張で──というほど大げさなものじゃないが──コーヒーとケーキが出ているところだった。

もちろん、これは事件に直接関係ない。間接的にも、ない。

「材質もただのアルミだね。JISマークもついているし、別にどことい って変ったところはない……」

と、志水が言った。

「これに、一体何の秘密が隠されているのかな？」

尾形は、弁当箱をひっくり返したり、持ち上げてみたり、叩いてみたり、食べてみたり──はしなかったけれど、ともかく、色々と調べたのである。

「使ったものかな」

と、社長が言った。

「そうですね。新しいことは確かだが──」

志水が弁当箱を取り上げ、「たぶん、使ってあると思いますよ」

「でも──誰が？」

と、明子が言った。

一瞬、他の三人がポカンとした。

「そうだわ！　まず肝心のことを調べなきゃ！」

と、明子は手を叩かんばかりにして言った。「この弁当箱の持主は誰か、ってことですよ！」

「なるほど――」

と、志水が大きく肯いた。「これは保科光子の物じゃないかもしれない」

「違うと思いますわ」

と、明子は言った。「光子さんは、いつも食堂で食べてたんです。私、よく一緒に行きましたから。一人だと、お弁当なんか作るよりも、外食の方が安く上るんです」

「なるほど、すると、彼女は、この弁当箱の持主のことを教えたかったのかな」

「でも、それにしたって、容易じゃありませんね」

と、尾形が言った。

「確かにね。こんな弁当箱を使っている人間はいくらもいる」

と社長が言った。

「でも、光子さんがわざわざ私の所に送って来たのは、きっとこれで犯人が分るからだったんだと思うんです。つまり、身近にいる誰かだと……」

「そいつは正しい指摘だな」

と、尾形が言った。「そうなると、問題は、保科光子が教えようとしていた『身近』というのが、どの辺を指すか、の問題になって来る」

「彼女の近所か、それとも――」

と言いかけた志水を遮って、

「そうだわ！　分った！」

と、明子は飛び上った。

正に、ソファから十センチも飛び上ったのである。

「ど、どうしたんだ？」

尾形が目を丸くしている。

「あの言葉よ！　茂木こず枝の言った『こんな仕事をしてるなんて、皮肉なもんね』という――」

「それがどうした？」

「もし、その男が、この結婚式場で働いていたら、それなら『皮肉』っていうのも分るじゃないの！」

そうだわ。明子は思い当った。あの、ぎっくり腰になった男から聞いた電話番号。

どこかで見たと思ったのだが、この式場の番号に似ている。

「そうか……」

尾形も、さすがに唸った。「それで、その弁当箱も、その男のものだとしたら、何もかも分るね」

「きっとこれだわ！　それが答えなのよ！」

志水は微笑んで
「どうやら、それが正解らしい。しかし、社長さんには、難しい事態ですな」

明子はあわてて口をつぐんだ。

言われてみればその通りだ。ここの職員の中に、主婦売春や、殺人に関った者がいる、というのだから……。

「いや、こいつは参った」

と、社長はふうっと息をついた。

「しかし、こうなった以上、真相はあくまではっきりさせなくては。社長としての責任問題になるからね」

「すみません、騒ぎ立てて」

と、殊勝に明子が謝る。

「いや、もし、このまま放っておけば、ずっと事件が続いたかもしれん。早く分って幸いだったよ」

「さすがに社長！　大物は違いますね」

「持ち上げるな」

と苦笑して、「では、どうやって調べるかな？　従業員は少なくないが」

「それが問題ですね」

と、尾形も、今は真剣である。

「いくら多くても、一万人はいないんですから」

明子は大きく出た。

「しかし、弁当持参というのは、そう多くないのじゃないかね」

と社長は言った。「よし、じゃ、何か名目をつけて、誰と誰が弁当を持って来ているか、アンケートを取ってみよう」

「それは名案だ」

と、志水が言った。

「でも、犯人が、もしこの弁当箱のことを知っていたら、嘘を書くんじゃありません？」

と明子が言うと、

「それは却って、自白してるようなもんだよ。きっと正直に書くと思うね」

と尾形が言った。

「私はこの弁当箱を持って帰って、調べてみよう。指紋が出るかもしれない」

「なるほど、そういう方法がありますね」

尾形は少々興奮気味。「それで出た指紋と、ここの従業員の指紋を合わせれば――」

「しかし、そんなもの、採っとらんぞ」

と、社長が言った。

「当然ですよ」

と、志水が肯く。「何かいい方法があるといいが……」

しばし、みんな考え込んだが……。

声を上げたのは――やはり明子だった。

「社長！」

「何だね？」

「ちょっとポケットマネーを使ってパーティを開きません？」

「パーティ？　そりゃいいが――しかし、何のパーティだ？」

「何だっていいですよ。創業何周年とか――」

「この前、済んだばかりだ」

「じゃ、社長の還暦祝いとか」

「まだそんな年齢じゃない！」

「もうすぐでしょ？」

「まだ五十八だ」

「じゃ、ともかく——何でもいいですから、パーティを開くんです」

「それでどうするんだ？」

「だからその席で——」

と、明子は得意げに言った。

28　パーティ

「どういう風の吹き回し？」

「知らないわ」

「もう社長、死期が間近いんじゃない？　急にいいことをしようとすると、危いっていうわよ」

あれこれ、噂話が飛び交っていたが、ともかく――。

「夕食代が浮くんだから、遠慮しないようにしましょうよ」

というわけで、何かわけの分らない〈パーティ会場〉へ、ゾロゾロと男女の従業員が入って行く。

女性の方も、いつもは制服だが、今日は精一杯のおしゃれをしている。

おかげで、上司の方は部下の見分けがつかず、

「こんな美人、うちにおったかな？」

と正直に言って、けっ飛ばされていた。

「――今日は急な集りなのに、みんなよく出て来てくれた」

とまず社長が挨拶。「いつも頑張ってくれている、みんなのために、ささやかな慰

労の会を開くことにしたんだ。自分がいつも働いている場所でのパーティというのも、何だか気が乗らんかもしれんが、まあ、楽しんでくれ」

拍手が起る。――立食形式のパーティだったが、早くも、寿司だの、ローストビーフだのは、器が空になりつつあった。


何やってるんだ？

尾形は、明子が家から出て来るのを、苛々しながら待っていた。

名探偵が、服を着るのに手間取って、犯人を逃したなんて、ミステリーにならない。

「すみませんね、尾形さん」

と、母の啓子が顔を出す。「今、来ると思いますから」

「はあ」

尾形は、友人の車を借りて、運転して来ていた。――それに当人も、一番上等の背広を着ている。

背広は英国製とはいかないが、ハンカチはカルダンだった！

「お待たせ」

と、明子の声がした。

「遅いじゃないか、もうパーティは始ま――」

妙なところで途切れたのは、尾形がアングリと口を開きっ放しになったからだった。

「全員ここにいますよ」

と、社長は、低い声で志水に言った。

「係を外に待機させてあります」

と、志水が肯く。

「あの弁当箱から、指紋は出ましたか?」

「いくつか出ていますが、我々も触っていますからね。それらを消して行かなくてはならない」

「もちろん私のも採って下さい」

と社長が言った。

「そうしましょう。ただし――」

志水は付け加えて、「ここで集めた指紋は、必要なもの以外は、全部責任を持って処分します。信用して下さい」

「分りました」

社長はグラスをぐっとあおって空にすると、「あなたは頼りになる方ですな」

と言った。

臨時雇いらしいボーイが、盆の上に、社長の空のグラスをのせ、会場を出た。

廊下を進んで、ぐるっと回ると、志水に言われてやって来た鑑識班の人間が、待っていた。

「これが社長のグラスです」

「社長か。ＯＫ」

と、袋に入れて、足下の箱へ入れる。番号をふって、メモをしておく。

こうして、全従業員の指紋を集めよう、というわけである。

——志水と社長は、会場の中を見渡して、

「彼女はまだ来ないようですな」

急に会場の中がスーッと静かになった。

やがて拍手が起こる。

明子が、目にも鮮かなカクテルドレスで現われたのである。

「やあ、永戸君。すてきだね！」

社長が首を振って、「私もあと二十年若ければな……」

と言った。

ついて来た尾形の方も、明子のスタイルに刺激されてか、ソワソワしている。

「さあ、食べようっと！」

明子は皿を取ると、テーブルを見回した。「どこが空いてるかしら?」

「ねえ君――」

と、尾形が言った。「少しレディらしくしないと、そのドレスが泣くよ」

「泣いたって構わないわ。食欲の方が優先!」

いつもながらの明子に、尾形が少々ホッとしたのも事実だった。

――パーティは、穏やかに進んだ。仕事の方も、順調だった。

明子が、

「あれは××さん、これは○○さん」

と、グラスを運び出すボーイへと囁く。

これのために、明子としては、あまり酔っ払うわけにいかないのである。

「やあ、永戸君。謹慎はとけたのか?」

と、やって来たのは、嫌いな村川部長である。

少し酔っているらしい。

「おかげさまで」

と、そっぽを向く。

「社長の所へ来てたね。何か用だったのか?」

「部長に関係ないでしょ」

「冷たいね。——さてはあの若いのと、できてるな？」

村川がワハハ、と品のない笑い方をする。

明子はさっさと逃げ出すことにした。

「——いや、料理もいいですよ」

と、尾形が社長と話している。

「何の話？」

明子がやって来ると、

「いや、僕らも、ここで式を挙げようと言ってたんだ」

「あら、どなたと？」

「もちろん君さ」

「私？」

明子は、わざと大きく目を見開いて、「私はまだ学生の身ですもの。五年たったら考えるわ」

社長は楽しげに笑った。

「いや、実に愉快な人たちだ」

「——社長、アンケートの方は？」

と、明子が訊く。

「うん。今日、配っておいたよ。明日には回収させる」

「楽しみですね、結果が」

「ところで——どうだね？」

と、社長は会場の中を見回して、

「指紋の方は全部採れたのかな？」

「あと、四、五人だと思いますけど。まだ、みんな飲んでるし、大丈夫ですよ」

と、明子は力強く肯いた。

「——いいパーティだった」

と、尾形は言った。

「そうね……」

明子は言った。

車が夜の道を走り抜ける。尾形がハンドルを握っていた。

——何だかロマンチックな雰囲気だった。

「ああいう形式も悪くないね」

と、尾形は言った。「僕も結婚するときはああいう風にしよう」

「結構ね」

「君はどう思う？」

「そうね……」

明子は、何やら考え込んでいる様子だったが——その内、ワーッと大欠伸をした。

尾形はため息をついた。ムードも何もないんだから！

「これで解決するといいわね」

「欠伸で？」

「違うわ、事件のことよ」

「あ、そうか」

忘れてしまいそうだったのだ。

尾形は、車を道のわきへ寄せて停めた。

「ねえ、君……」

「うん？」

「今夜は凄く魅力的だよ」

「そう？　ありがとう」

「僕は考えてたんだけど……その……今は学生同士だって、結構結婚しちまう奴がいる。僕はまあ——一応講師だし、君とは年齢も多少違ってる」

「うん」

「だから、その……別に具合の悪いことはないと思うんだ。つまり君と僕が……」

「ふん」

「その……だから……」

尾形は、エヘンと咳払いをして、顔を真っ赤にし、思い切って言った。

「結婚しようじゃないか!」

——長く待ったが、返事はなかった。

見ると、明子は少し口を開いて、スヤスヤと眠り込んでいる。

尾形は大きくため息をつくと、車をスタートさせるのだった……。

29　プロポーズ、その後

「あーあ」

欠伸からスタートするというのは、少々読者に失礼かもしれないが、そこは勘弁していただく他はない。

ともかく、明子が起き出したのが十一時。それから三十分の間、ほぼ五分毎に欠伸をしていたのである。

「ねえ、明子」

と、母の啓子がコーヒーを注いでやりながら言った。

「なあに？」

「尾形さんが言ってたよ」

「ああ、大学のことでしょ。分ってるわよ」

と、うるさそうに言う。「授業に出ろって言うんでしょ？」

「あら、停学中じゃなかったの？」

と啓子は椅子を引いて座る。

「解除になったのよ」

と明子は言って、「――あれが夢でなきゃね」

と付け加えた。

「そりゃ良かったわ。じゃ、こんなにのんびりしてちゃいけないんじゃないの？」

「勉強は学校だけでするもんじゃないわ」

明子は分ったようなことを言った。

「でも、月謝を払ってるのは大学だけよ」

啓子も理屈っぽく言って、「ともかく、そんな話じゃないのよ」

「じゃあ、何のこと？」

「ゆうべあんたを送って来てね、尾形さん、ゆっくり話し込んで行ったの」

「へえ、図々しい！　何か高いものでも食べさせたの？　メロンがあったでしょ」

「出さないよ」

「当り前よ。どうせ、私のこと、ケチョンケチョンに言ってたんでしょ。大体、想像がつくわ」

「そう？」

「もう、お付き合いはこれ切りにしたい、って言ったんじゃない？」

「そうねえ」

と、啓子は、ちょっと考えて、「まあ、そんなようなことだわね」

「分ってるのよ。ああいう男は狡いんだから。こっちから願い下げだわ」

「でも、結婚させてほしい、ってことだったよ」

と、啓子が言ったので、明子はポカンとして、

「──誰が？」

と、やっとの思いで訊き返した。

「尾形さんよ。決ってるでしょ」

「──私と？」

「私でもいいけど、ちょっと年が違うからねえ」

と啓子は真顔で言った。

「お母さん、何て答えたの」

「別に。本人に訊いて下さい、と言っておいたわ」

明子は、ゆっくりとコーヒーを飲んだ。

ブラックコーヒーより、よほど目が覚める話だった。

それは確かに──尾形とは恋人同士といって差し支えない程度には付き合っているし、よく冗談で、結婚の話もする。しかし、尾形が母に話をしたとなると、事は重大と言わねばならない。

つまり、尾形は、明子が心配していた状態──真剣に明子のことを愛し始めたのか

もしれない。

いや、明子だって、当節の女子大生としては、週刊誌やTVで「ああだこうだ」と言われるほど、遊んでるわけじゃないし、「愛」というものを、神聖なりと考えるくらいの真面目さは持ち合せているのだ。

ただ、それをもろに真面目に口に出したりするのを、照れるのである。

他の子たちだって、たいていはそうなのだ。

ホテルへ行ったりして、適当に遊んでいるような子でも、実際は、ごく当り前に結婚しようと思っている。それを、ストレートに口に出すと、カッコ悪い、と思っているだけなのだ。

愛人バンクだ、ホテトルだ、と、話題ばかり、にぎやかだが、誰も彼もが、そんな風ではない。明子だって、たぶん、たいていの友人たちには、男の二人や三人は知っていると思われているが、実のところ、まだまだ未経験の一人なのだ。

「尾形さんのこと、どうなの?」

と啓子が訊いて来る。

弱いのよね、こういうの。——何と答えたものやら、困っちゃう。

「まあ——悪い人じゃないとは思うわ」

と、明子は言った。

「じゃあ、結婚する?」

「ちょっと――ちょっと待ってよ」

と、明子はあわてて言った。「それじゃ、『悪くない人』なら誰とでも結婚しなきゃならないの?」

「そうじゃないけど……」

と、啓子は言った。「でも――いざそうなってからそうするのも何だからね」

明子は目をパチクリさせた。

「何よ、それ? どういう意味?」

「つまり――そうなってから結婚するのも、あんまり感心しない、ってことよ」

「最初の『そうなって』ってのは、どうなって、ってことなの?」

何だかややこしい。

「そりゃもちろん、お前が子供でもできてさ――」

「お母さん!」

明子が目をむいた。

「だって、もうホテルぐらいには行ってるんでしょ?」

どういう親なんだ?――明子は呆れて言葉もなかった。

ちょうど電話がかかって来て、啓子が立って行く。明子は、ため息をついて、コーヒーを飲み干した。

親があれじゃ、ホテルへ行かなきゃ、申し訳ないみたいじゃないの！

「――明子、会社の方からよ」

啓子が、のんびりと顔を出す。

明子は急いで席を立つと、電話の方へと走った。

「――永戸です」

「君か。村川だ」

「ああ、部長さんですか」

明子は、ぶっきらぼうに言った。「何かご用ですか？」

「おい、君はうちの従業員なんだぞ」

「あ、そうでしたね」

と、明子はとぼけた。「でも今日は午後の出社ですよ」

「ひどく忙しいんだ。悪いが十二時から出てくれんか」

「でも、お昼休みは？」

「二時から取っていい。ともかく十二時の昼時に、手が足りなくなるんだ」

仕方ないか。一応、給料をもらう身だ。

「分りました。じゃ今から出ます」

「助かるよ。じゃ、待ってるからな」

村川の方も、珍しく愛想がいい。

「忙しいときだけだわ」

電話を切ると、また大欠伸。――いつの間にか、啓子がそれを見ていて、

「そんなに欠伸ばっかりしてると、嫌われるよ」

と言った。


今から出ます、と言っても三十分はかかるのが、女性というものである。

明子の場合は、多少スピーディで、それでも二十八分かかった。

外へ出て歩き出すと、また欠伸が出る。

さすがに、大口開けてはやらなかった。多少は、近所の目というものもある。

タクシーで行くか。――ちょうど、空車が来たのを停めた。

行先を告げると、運転手が、

「式場の下見かね」

と言った。

「いいえ、予約の取消し」

と、明子は言った。

そのタクシーが走り出すと、その人物は、小さなトランシーバーを取り出して、タクシーの色とナンバーを連絡し、角を曲ってタクシーが見えなくなるまで、見送っていた。

タクシーは、坂の下へと近付いた。

坂を上るわけでなく、その下を通り抜けるだけである。

坂の途中に、かなり薄汚れたダンプカーが、一台停っていた。

タクシーが近付くと、ダンプカーは、ブレーキが外れたものか、ゆっくりと坂道を下り始めた。たちまち加速度がつく。

タクシーの前に、ダンプカーが突然、飛び出して来た。急ブレーキ！

しかし、とても間に合うものではなかった。

タクシーは、ダンプカーの横腹に激突した。

尾形は、講義をしながら、むやみに苛立っていた。

「おい！　そこの奴、何を居眠りしてるんだ！」

と怒鳴ったりするので、学生たちの方が面食らっている。

「どうしたんだ、先生？」

「きっと振られたんだ」

「財布落としたんじゃねえか？」

「いや、パチンコで損したんだよ」

と、みみっちい話も出る始末。

「おい！　何をしゃべっている！」

尾形はますます荒れていた。

要するに、明子のせいである。――ゆうべ、とうとう、明子の母親に、結婚の話をしてしまった。

もう明子も起き出して、母親から、そのことを聞いているだろう、と思うと、尾形は居ても立ってもいられない気分だったのである。

明子は、それを聞いて、どうしただろう？　感激に目をうるませたか？　まさか！　大口を開けて、ゲラゲラ笑ったか？――その方が正解かもしれない。

しかし、ともかく――言ってしまったのだから、今さら取り消すことはできない。

考えてみれば、大変な子に結婚を申し込んだものだ。

夫婦喧嘩をしても、とても尾形に勝目はない。ぶん投げられて、目を回すのがオチである。

全く――それでいて、惚れちまっているのだから、どうしようもない！

「――失礼します」

と、扉が開いて、事務の女の子が顔を覗かせた。

「何か？」

「先生、お電話です」

「ありがとう」

尾形は、廊下へ出た。事務室は少々遠い。

軽くかけ足で、やっと受話器を取ったときは、少し息を弾ませていた。

「尾形です」

「あ、永戸です。明子の母ですが」

来たか。――この口調では、断られたかな、と思った。

「どうも昨日は――」

と言いかけたのを、向うが遮った。

「娘が事故に遭いまして」

「な、何ですって？」

尾形は、飛び上らんばかりに驚いた。

30　死体をもう一つ

「タクシーはダンプカーの下へ潜り込むように、突っ込んだんです」

と、医師が言った。「タクシーは上半分、削り取られてしまったんですよ。まあ、普通なら頭が飛ばされて、一巻の終りなんですが……」

「運が良かったのよ」

ベッドでは、明子が元気一杯の様子だった。

「ちょうどハンドバッグを開けて、コンパクトを出してたの。そしたら、それを床に落っことしてね、拾おうとして、かがみ込んだのよ」

「そこへドシン、か」

「そう！　頭の上を、ダンプのフレームが通過して行ったわけね」

「おい、冗談じゃないよ」

と、尾形は苦笑した。「一瞬の差で、頭が失くなってたところかもしれないんだぜ」

「だったら、もう少しましなのと取りかえられたのにね」

と、明子は至って呑気である。

「で、先生――」

と、尾形は医師の方を向いた。「けがの具合は？」

「ガラスの破片で、ちょっと切り傷はできていますが、それ以外は、骨も何ともなっていませんよ。運転手の方も、すぐに伏せて、無事だった。奇跡的ですな」

「分ったでしょう？」

と、明子が言った。「私は運が強いのよ」

「人に心配かけて！」

と、尾形はにらんだ。「運が強い、もないもんだ」

「ごめん」

明子は、ちょっと舌を出した。「でもね、あのとき、一瞬、死ぬのかな、って思ったわ。そして、ふっと思い浮かべたの……」

「僕のことを、かい？」

と、尾形が勢い込んで訊く。

「ドラ焼きのことを」

医師が吹き出してしまった。

病院のドアがノックされて、尾形が開けてみると、

「――やあ、これは」

思いがけない顔だった。検死官の志水だ。

「署の方から、知らせてくれましてね」

と、志水は言って、「――やあ、しかし、元気そうだ」

と明子の顔を覗き込んだ。

「大丈夫です。正義の味方は死にません」

と、明子が言うと、また医師が笑い出した。

「いや、実に面白い患者さんだな」

「いつ退院できます？」

と明子が訊く。

「そうだね。一応今夜だけ入院しなさい。明日には退院できますよ」

医師が出て行くと、志水はホッと息をついて、

「しかし、危いところでしたねえ」

と言った。

「本当に。――ダンプの方の責任を厳しく追及しなきゃ」

尾形は今ごろになって、腹を立てている。

「いや、ダンプの運転席は空だったんですよ」

と志水が言った。

「何ですって？」

明子が頭を上げる。「それ、どういう意味ですか？」

「あのダンプカーは、盗まれたものでね、あそこに朝から停めてあった」

「朝から？」

「そう。そして、ハンドブレーキを誰かが外して、坂を下って行ったわけです」

「誰かが……」

明子は、独り言のように呟いた。

そういえば、前にも一度、車ではねられかけたことがある。きっと同じ犯人だろう。

「つまり、彼女を狙って、誰かが、わざと、やったというんですか？」

尾形は目を見開いて、「それじゃ――あの犯人だ！　君を刺しそこなった奴だよ、きっと！」

「待って」

明子はベッドに起き上った。「でも、私があのタクシーに乗ったことを、なぜ知っていたの？　それに今日は大体午後出社だったのに、早く出たんだし――」

そして、突然言葉を切ると、

「分ったわ！」

と声を高くした。

「おい、今度は何だい？」

尾形が、うんざりしたような声を出す。

「今日、忙しいから、早く出てくれって電話があったの。そして家を出て、タクシーを拾ったのよ。指紋はどうでした?」

と、志水に訊く。

「まだ、結果が出てないんでね」

と、志水が言った。「今、弁当箱の指紋と照合しているんですよ。私たちのもの以外に、誰かの指紋があることは事実です」

「それ、きっと村川さんのだわ!」

と、明子は力強く言った。

「村川?」

「部長よ!　村川さんが、私に早く出ろと電話して来たのよ」

明子はベッドから出ると、「ちょっと外へ出て。服を着るから」

「おい、どうするんだ?」

「退院するの」

「無茶だよ!　今、先生が――」

「どうせ明日退院するのよ。今日だって、同じよ」

名探偵にしては、論理を無視した言い方だった。

「何だ、大丈夫か？」

ロビーへ入って行くと、社長が明子を見付けてやって来た。

「あ、社長」

「事故にあったと聞いて、今から病院へ行こうと思っとったんだ」

「ご心配かけて。——ご覧の通り、ピンピンしてます」

「良かった！　足もちゃんとついとるようだな」

「部長はどこですか？」

「村川か？　さあ、知らんな。今日は見ていないが」

「部長は、今日はお休みですよ」

と、受付の女の子が言った。「今朝、電話があったんです」

「そうか」

「やっぱりだわ！」

と明子が肯いた。

「何が、やっぱり、だね？」

「私、殺されかけたんです。事故じゃなくって」

目を丸くしている社長へ、明子は事情を説明した。

「――なるほど。すると、例の男というのは村川だったのか」

「アンケートの結果は出ました？」

「ああ。社長室へ行こう」

――社長室で、明子は、社長から、アンケートの結果を見せられた。

村川は、やはり弁当持参組の一人だった。

「ちょっと電話を拝借」

と、志水が、社長のデスクの受話器を取り上げた……。

「うん。――そうか。誰の指紋だった？――そうか。分った。――いや、ありがとう」

志水は、受話器を戻し、

「やはり図星だよ」

と、言った。「弁当箱に、村川の指紋があった」

「やったわ！」

明子は飛び上った。

「よし、では、村川の家を手配しましょう。住所を教えて下さい」

志水は、村川の自宅に近い署へ連絡を取った。

「――これで、すぐ自宅へ急行しているでしょう。我々も行ってみますか？」

「もちろん！」

明子が真っ先に答えた。

「まだこりないのか？」

尾形が、ため息をついて、「よし、僕も行くよ」

「私も同行したいが――」

と社長が残念そうに、「大事な客が来るのでね」

「じゃ、仕方ありませんね」

と、明子が言うと、社長は、

「うん、仕方ない」

と肯いた。「客には待ってもらおう」

大分、明子の好奇心が社長にも感染しているらしい。

かくて、明子と三人の男たちは、社長のベンツで、村川の自宅へと向かった。


「あれらしい」

と志水が言った。

パトカーが、三台ほど停っているのが、見えた。

「それにしても、ちょっと様子がおかしいな……」

——かなりの高級住宅地である。社長が、

「こんな所に住んでるのか」

と、呆れ顔で言ったほどだ。「あいつの給料では、とても無理だ」

「やはり何か、陰でやってるんですよ」

と、明子は言った。

パトカーの手前で、ベンツを停め、四人は外へ出た。

志水が先に立って行って、警官と話をしている。そして、いかにも成金趣味的な、ごてごてした感じの家から、刑事らしい男が出て来た。

志水と顔見知りらしく、親しげに話をしてから、一緒に明子たちの方へとやって来た。

「古いなじみの刑事ですよ」

と、志水が言った。「殺しだって?」

「そうなんです」

と、中年のその刑事が肯く。

「じゃ、村川さんが?」

と、明子が訊いた。

「いや、そうじゃないんです」

と、刑事は首を振った。「若い男でね。村川は姿を消しているんですよ」

「その男の身許は？」

「分りません。――見ていただけますか？」

「ええ」

明子は肯いた。死体の一つや二つ、何だ！　村川の家の中は、外見に劣らず派手で、悪趣味だった。

「家族は？」

と尾形が言った。

「奥さんは、実家に戻っているんです。村川と、うまく行っていなかったのかもしれませんな」

「その若い男っていうのは――」

「人相や風体を奥さんへ電話で説明したんですが、心当りがない、ということでした」

刑事は、居間のドアを、肩で押した。「ここです」

――広い居間で、誰かが寝ていた。

いや、本当は死んでいるのだ。しかし、表情は穏やかだった。

「いかがです？」

と、刑事は言った。

明子は、どこかで見た顔だ、と思った。

こうして、死体となって倒れているから、よく分らないが。

明子はかがみ込んで、まじまじと顔を眺めた。

「おい、気を付けろよ」

と、尾形が言った。「かみつくかもしれないぞ」

「犬じゃあるまいし」

と、明子は言った。

そうだ！——思い出した。

この男。——中松進吾ではないか……。

31　塀の中の秘密

「村川が……」

と、社長は首を振った。「信じられん」

「でも、他に考えようはありませんわ」

と明子はきっぱりと言った。

「分ってるよ」

社長は渋い顔で肯いた。「しかし――考えてみてくれ。うちの商売は何だ？」

「結婚式場でしょ」

「そこの部長が、主婦や学生に売春のアルバイトをさせていた、と分ったら……」

「もうだめですね」

明子は社長じゃないから、呑気なものである。

「気軽に言わんでくれ」

「まあ、元気を出して下さい」

と、尾形が多少同情するように言った。

「そうですよ、社長、紅茶がさめます」

明子の言葉はあまり励ましにはならないようだった。

村川の家では、まだ捜査が続いている。

明子たちは、村川の家の向い側にある喫茶店に入って、検死官の志水が出て来るのを待っていた。

「それに、あの中松進吾を殺して逃亡したんですもの」

と、明子は続けた。「それに、保科光子さんを殺させたのも、白石紘一も、私を狙わせたのも、きっと村川だわ」

社長の方は、ますます落ち込んでいる。

「あの花嫁は――」

と、尾形が言いかける。

「茂木こず枝さん？　彼女は、きっと村川に手伝わされていたのよ、売春の仕事を。いやになって、それでも村川から逃げられず自殺した」

「なるほど、わざと花嫁衣裳を身につけて、村川の働いている式場で死んだわけか」

「村川が先に見付けたんだわ。身許がわからないように、服や荷物を隠したんだと思う」

「私は救われん！」

と、社長は天を仰いで、ため息をついた。

「ただ……」

と、明子が呟く。

「何だね?」

「今、ちょっと考えたの。——あの村川部長って、そんなに大物だったのかしら?」

社長は肯いて、

「うむ。君の言うことは分る」

と言った。「私の見たところ、村川は、そんなでかいことのやれる男ではない」

「ねえ? 社長もそう思うでしょう?」

「どっちかといえば、肝っ玉の小さな男だ。使い走り、というか」

「そう思ったんです、私も。そうなると、村川の上に、誰かいたのかもしれませんわ」

「まだ終らないのかい?」

尾形がうんざりしたように、言った。

「——まあ!」

明子が、突然、声を上げた。もちろん、理由あってのことだ。理由なしで急に叫んだりしたら、まともじゃないが——いや、そんなことはどうでもいい。

明子が声を上げたのは、目の前を、ゴキブリが走って行ったから、ではなくて、目の前に、佐田千春が立っていたからであった。

「千春さん！」

千春は固い表情で、

「あなたの顔が見えたから──」

と、座り込んだ。「何があったの？」

「え？」

「あの家よ」

と、村川の家の方へ目を向ける。

「あ──そうだわ！　あなたは知ってるのよね。中松進吾って人を」

「彼がどうしたの？」

「殺されたの」

千春が、さっと青ざめた。

「ああ──やめておけって言ったのに！」

と、絞り出すような声。

「ねえ、教えて。あの人はどういう──」

と言いかけた明子を遮って、

「私、もう黙っていられない！」

と千春は叫ぶように言うと、店を飛び出して行った。

「千春さん！　待って！」

明子も、あわてて追いかける。

「おい、明子――」

尾形は、どうしたものやら、一瞬迷って出遅れた。

明子は、千春がタクシーを拾って、走り去るのを目にすると、ちょうど道端に停っていた車の中へ、飛び込んだ。

びっくりしたのは、運転席で週刊誌を読んでいた大学生らしい若者で、

「な、何だよ、――」

「早く車を出して！」

と明子は命令した。

「ええ？」

「あのタクシーを追いかけるのよ！」

「ねえ、ちょっと――」

「命が惜しくないの？」

明子は、指をポキポキ鳴らした。「空手三段なんだからね！」

「わ、分ったよ！」

若者はあわててエンジンをかけた。

「早く！　見失ったら、腕一本へし折るからね！」

「何で俺が――」

と、ブツブツ言いながら、その大学生、車をスタートさせた。

その大学生の運転が良かったのか、明子の脅しが効いたのか、何とかタクシーを見失うこともなく、やって来たのは千春の実家――すなわち、中松邸である。

千春がタクシーを降りて、邸内へと入って行くのが見えた。

「ここでいいわ。ご苦労さん」

と明子は言った。

「料金を払ってくれないの？」

と大学生は言ったが、明子にジロリとにらまれて、

「冗談だよ！」

と、あわてて首をすぼめた。

「あ、そうだ。――ねえ」

「何だよ？」

「ちょっと降りて」

「車、持ってかないでくれよ」

「持って行くほどの車でもないでしょうが」

乗せてもらっておいて、明子も大した度胸である。

明子は、中松邸の塀を見上げた。

「ねえ、ちょっとここへ来て、前かがみになってよ」

「何すんだよ?」

「上に乗るの」

「何だって?」

「塀を乗り越えるのよ。心配しないで、強盗じゃないんだから」

「当り前だい」

大学生、渋々、塀の前で、背中を丸めてかがんだ。

「もっと平らに。――そうそう。じゃ、私が中へ入ったら、もう帰っていいからね」

「言われなくても帰るよ」

と、大学生は、ふてくされて呟いた。

「エイッ!」

「いてっ!」

大学生の顔が歪んだが、それはほんの一瞬で、アッという間に、明子の姿は塀の中へ消えていた。

大学生はポカンとして、明子が姿を消した塀の上を見上げていた……。

「何だ、あいつ……」

——中へ入った明子は、庭を忍び足で進んだ。

居間が見える。

千春と、父親の中松がいた。中松はソファに座って、千春は立ったままだ。

「どうして殺したのよ！」

と、千春が言った。「あの人には、どうせ何も分らなかったのに！」

「仕方なかったのさ」

中松は肩をすくめた。「村川の奴、焦ったのだ。逃げようと準備していたところへ、あいつがやって来たらしい」

「それにしたって……。進吾さんは、血のつながった甥でしょう！」

「しかし、厄介者だったからな。そのくせ、何かあるとかぎつけて来て、金をせびった」

「そんな！　白石さんを殺しただけじゃ足りないの？」

「こっちへ火の粉がふりかからんようにするのが肝心さ」

中松は一向に動じる気配がない。

「まあ、かけろ」

「――村川さんは?」

千春が、腰をおろしながら言った。

「消させる。それしかない」

中松が、あっさりと言った。

そうか。――中松が黒幕だったのだ。

村川はその部下で……。

よし、ここは逃げ出して、警察へ――。

じりじりと後ずさりして、何かにぶつかった。振り向いて、声を上げそうになる。

「しっ!」

と、その男が言った。「気付かれますよ」

「佐田さん!」

千春の夫、佐田房夫だったのだ。

「静かに! こっちへ退がりましょう」

しかし、どうも様子が違う。あの薄ぼんやりの亭主とは、別人のようだ。

「――やれやれ、無鉄砲な人ですね」

と、佐田は苦笑して言った。

「でも、あなた……」

「僕は、白石君の行っていた大学の、学長の息子なんです」

「ええ?」

明子は目を丸くした。

「大学の中で、売春のあっせんをしている者がある、というので、父から、調査してくれと言われましてね」

「じゃあ、千春さんと結婚したのは――」

「いや、それは本心から彼女が好きだからですよ。ただ、近づいたきっかけは、中松が、どうやら陰の人間らしいと分ったからですが――」

そうか。――明子は、やっと思い当った。茂木こず枝の死んだ日、駅で定期入れを拾ってくれた若い男。

あれは佐田だったのだ。

「そうだったんですか」

と、明子は肯いた。「で、二人で家を出て――」

「でも、中松は簡単に捜し当てて来た。当り前ですね。村川が中松の部下だったんだから」

「だから、あなた、あんなにぼんやりした夫の役もやってたのね」

「そうでないと命が危いのでね」

「でも——なぜ白石さんは殺されたの？」

「まずかったんですよ、大学の中での売春がばれて退学。もう中松にしてみれば、役に立たないし、何かしゃべってしまうかもしれない」

「ひどい人ね！」

明子は憤慨していた。

「村川のことが心配です」

と、佐田は言った。「あの男も、もう役に立たない。消される心配がありますからね」

「今、中松がそう言ってたわ」

「その前に、何とか見付けたい。村川さえ押えれば、中松も言い逃れはできません」

「そうか。——じゃ、この中を捜してみましょうよ」

「あなたは逃げて下さい。僕が捜してみますよ」

「そんな！」

「いや、警察へ連絡して来てもらうんです。ともかく外へ出ないと、どうにもならないと思っていたんですが、ちょうどあなたがやって来た」

佐田がニッコリ笑った。

余裕のある笑いだ。

「いいわ、分りました」

と、明子は肯いた。「じゃ、門の所から出るわ。塀を越えてもいいけど……」

「今、たぶん、門が開いてると思いますよ」

「行ってみます」

と、明子は体を起した。

「気を付けて！」

「あなたも」

明子は、庭の茂みの中を、頭を低くして、走って行った。走るくらい広い庭なのだ。うちとは違うな、などと、呑気なことを考えていた。

——突然、誰かが前に立ちはだかった。

明子は、素早く身構えた。

それは、村川だったのだ。

32 決闘!

だが、何だか様子がおかしかった。

村川は、青い顔で、脂汗を顔中に浮かべていた。そして、

「永戸君!」

と、息を吐き出すように言った。「助けてくれ!」

「ええ? 何ですって? 私を殺そうとしたくせに、そんな虫のいい——」

明子が言い終らない内に、村川がゆっくり倒れて来た。

明子は、あわてて、飛びすさった。

村川の背中に、血が広がっている。

「——やあ、ここにいたのか」

見たことのない男が立っていた。

ナイフを手にしている。——この男だわ、何人もの人を殺したのは!

「運の強い女だな、あんたは」

と、その男は言った。「だが、それもここまでだ」

その男が無気味なのは、いかにも「殺し屋風」だったからではなくて、ごく普通の、

どこにでもいる小柄なサラリーマンにしか見えないからだった。

もっとも、目立たないから、殺せるので、これが一見して恐ろしい男だったら、誰もが逃げてしまうだろう。

「何よ！」

と、明子は言い返した。「私は、そう簡単にいかないわよ」

一歩退がって身構える。

「勇ましいことだな」

と、男は笑った。「しかし、ナイフに勝てるかね？」

「やってみれば？」

正直、明子だって怖いのである。

刺されるのは、注射だって嫌いだし、切られるのは電車のキップぐらいでいい。

だが、ここは、強がって見せるしかない。

殺された保科光子のことを考える。――何の罪もないあの人を、殺したんだ！

「どうしたの？　女の子が怖いの？　分った、いつも振られてたんでしょ」

わざと怒らせる。それしか手はない。相手を調子づかせるのだ。

合気道は、攻撃のための技じゃなくて、あくまで身を守るためのものだ。相手が向かって来ないと、どうしようもないのだ。

「おい、今に泣き言を言うなよ」

男がナイフをサッと走らせた。確かに目にも止らぬ早業という感じだ。

「キャッ!」

明子は、尻もちをついた。みっともなく、ペタンと座り込んだまま後ずさる。

「おい、どうした、今の元気は?」

男が笑って、踏み込んで来る。

今だ! これを待っていたんだ!

明子は足を思い切り伸ばして、男の足を払った。かすかにそれたが、男は、上体とのバランスを崩した。

明子は、勢いをつけて立ち上ると、男の懐へ思い切って飛び込んだ。

体当りに、男の体がのけぞる。明子はクルッと向き直って、男の腕をしっかりとつかむと、身を沈めた。

会心の背負い投げ!

男は、大きく空中に円を描いて、地面に叩きつけられた。

「――こいつ!」

起き上ろうとして、あわてたせいか、足が滑って四つん這いに、ペタッと伏せた格好になる。男が大きく目を見開いて、うめいた。

どうしたのかしら？——男がそろそろと上体を起すのを見て、明子は、アッと声を上げた。

伏せた拍子に、手にしていたナイフで、自分の胸を刺していたのだ。

男は、よろけながら立ち上ったが、ナイフを自分で引き抜くと、何だかキョトンとした顔で、それを見下ろし、それから、急に、ガクリと膝をついて、突っ伏すように倒れた。

「やった……。やった……」

明子はそう呟いてから、急にガタガタ震え出した。

全身から汗が吹き出して来る。

そして明子はヘナヘナとその場に座り込んでしまった。

ふと気が付くと、パトカーのサイレンが、近づいて来ていた。


「いや、全く……」

尾形がジロッと明子をにらむ。

「言いたいことは分ってるわよ」

と、明子は澄まして言った。「でも言わない方がいいわ」

「どうしてだ？」

「私に質問してたんじゃなかった？　その返事はまだしてないのよ」

もちろん、結婚の申し込みのことだ。

尾形は、渋い顔で黙り込んだ。

「ともかく無事で良かった。それに、村川も何とか命は取り止めたから、話を聞けるだろう」

と、志水が言った。

「色々、ご迷惑をかけました」

と、頭を下げたのは、千春である。

ここは、結婚式場のレストランだ。

社長を中心に、事件の関係者が集まっていた。

「あら、千春さんのせいじゃないわ」

と、明子が言った。「そんな風に言うことないわよ」

「そうですわ」

と、白石知美が言った。

「でも、父が、何かやってるらしい、ってことは察していたんですもの。まさか、あんなひどいことだとは思わなかったけど……」

「もう済んだことだよ」

と、佐田が言った。「お父さんのしたことに、君は責任はないんだ」

「でも――」

と、千春は佐田を見つめて、「私と別れないの？」

と訊いた。

「今度そんなこと言うと、ぶん殴るぞ！」

と、佐田が本気で怒ったように言った。

「カッコいい！」

と、明子が手を叩いた。

「そうすぐに別れんで下さい」

と、社長が言った。「うちで結婚したんだから」

「でも、なぜ、保科さんが殺されたのかしら？」

と、明子は言った。

「そりゃ、村川のことを知っていて――」

「なぜ知ってたの？」

「うん……そうか」

と、尾形が腕を組む。

「それはね、保科さんも、村川の恋人だったからです」

と、佐田が言った。

「保科さんが!」

明子は目を丸くした。

「だから、弁当箱などというものも、手に入った。いや、あのお弁当を作っていたのは、保科さんだったんですよ」

「そうか!」

と、明子は言った。「村川さんの奥さん、実家へ戻ってたんだわ」

「だから、保科さんも、知らない内に、村川の仕事を手伝っていたんでしょう。でも、茂木こず枝の死を見て、やっと目が覚めた……」

「そうか、それで、お弁当箱を」

「あなたへ届けたわけです。自分で、村川と話をしようとしたんでしょうね」

「ひどい男だわ!」

明子はカンカンになった。「志水さん」

「ん?　何です?」

「村川が治ったら教えて下さい」

「それはいいが、どうして?」

「思い切り、ぶん投げてやらなくちゃ、気が済まないわ」

「おい、いい加減にしてくれ」

尾形が、うんざりしたように言った。

「——一番気の毒なことをしたのは」

と、志水が言った。「白石知美さんでしたね」

そう。——知美は十七歳の未亡人である。

「いえ、私は……」

知美は、静かに言った。「大丈夫です。生きてるんですもの。——あの人は死んでしまった。たとえ、自分のせいだとしても、可哀そうだったと……思います」

千春が、涙を拭った。

「でも——」

知美は微笑んだ。「若いんですもの、私！　大丈夫！」

「そう！　その意気よ！」

明子は肯いた。「今度結婚するときも、ここを使ってね！」

「一言多いんだよ」

と尾形が言った。

「さあ、ともかく、事件は終った。食事をしよう」

と、社長が言った。「みんな、好きなものを食べて下さい。ここの社長として、お礼とお詫びの気持だ」

「遠慮しなくていいのよ」

と、明子が言った。「どうせ、交際費で落とすんだから」

みんながドッと笑った。——知美も、千春も。

食卓は賑(にぎ)やかになった。

「——そうだ」

と、尾形が言い出した。「一つ分らないんだけど、どうして、白石さんや佐田さんのところは、あ、の、日に式を挙げたんですか?」

「それもそうだ」

と、志水が肯く。「妙ですな。事件の関係者が、同じ日に挙式したとは」

「あら、それは偶然でも何でもありませんわ」

と、明子が言った。

「というと?」

「あの日は、式場の何周年かで、特別割引があって、安かったんですもの!」

と、明子は言った。

エピローグ

「ねえ、明子」

と、母の啓子が言った。「お前、どうするの?」

「何を?」

明子は朝のコーヒーを飲んでいた。

今日はもう出勤ではない。大学生の身分に戻ったのである。

「尾形さんのことよ」

「ああ、あれ。——もう少し考えるわ」

「そう? もう大分考えてるよ」

「考えてる、ってことにした方が、あっちが言うこと聞いてくれるから、儲かるのよ」

明子は立ち上った。「行って来ます!」

——啓子は一人になると、ため息をついて、

「いやになっちゃうねえ」

と、首を振って、呟いた。「お父さんに結婚を申し込まれたときの私とそっくり!」

この作品は、
一九八四年六月に実業之日本社よりジョイ・ノベルスとして、
一九八七年十月に角川文庫として刊行されたものです。

実業之日本社文庫　最新刊

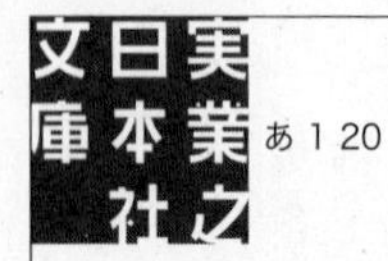

あ 1 20

忘(わす)れられた花嫁(はなよめ)

2020年12月15日　初版第1刷発行

著　者　赤川次郎(あかがわじろう)

発行者　岩野裕一
発行所　株式会社実業之日本社
〒107-0062　東京都港区南青山 5-4-30
CoSTUME NATIONAL Aoyama Complex 2F
電話［編集］03(6809)0473［販売］03(6809)0495
ホームページ https://www.j-n.co.jp/
ＤＴＰ　千秋社
印刷所　大日本印刷株式会社
製本所　大日本印刷株式会社

フォーマットデザイン　鈴木正道（Suzuki Design）

ISBN978-4-408-55629-1（第二文芸）